小学五年生

重松清

文藝春秋

少年は、小学五年生だった。

目次

イラストレーション　唐仁原教久
ブックデザイン　鈴木成一デザイン室

小学五年生

葉桜

この町に引っ越してきて初めてデパートに出かけた日曜日、少年はお母さんに写真立てを買ってもらった。二枚合わせになった透明なアクリル板に小さなスタンドがついただけの、簡単な写真立てだった。文具売り場の棚にはフレームに飾りが付いたものやペン立てとセットになったものもあったが、「どれにする？」とお母さんに訊《き》かれたとき、いちばんシンプルなものを指差した——それがいちばんオトナっぽくて、オトコっぽいと思ったから。

家に帰ると、さっそくアクリル板に写真を挟んだ。昨日手紙と一緒に届いたばかりの写真だ。三人の男の子が、花が咲いた桜の木をバックに並んで立っている。少年を真ん中に、向かって右がエンドウくんで、左がヒノくん。三人ともカメラに向かってVサインをつくり、にっこり笑っている。四年生の終業式の日に撮った写真のうちの一枚だった。カメラの持ち主のハラくんは、他にも数枚の写真を焼き増しして送ってくれた。エンドウくんやヒノくんよりも仲良しだった子と一緒の写真もあったが、写真立てに入れるのは、この写真でなくてはいけない。

三人が背にした桜の木は、町の中でもいちばん大きな木だった。三人がかりで手をつないでも一周できないほどの太い幹の反対側で、女子が記念撮影をしていた。少年と同じように終業式を最後に転校してしまう子が、女子にもいた。ユキコという。背が高くて、足が速くて、おとなしいけれどリコーダーのとても上手《じょうず》な子。

写真立てに入れた一枚には、ユキコが写っている。たまたまだった。女子の撮影が先に終わって、幹の向こう側からひょいと顔を出した、ちょうどそのときハラくんがシャッターを切ったのだ。カメラを見ていた。笑顔がすぼむ直前の、ぎりぎりのところで、笑っていた。

だから——この写真、なのだ。

傷も汚れもついていないアクリル板を隔《へだ》てて見つめるユキコの顔は、写真をじかに見るときよりも光沢《こうたく》が増してきれいだった。もともとのピントが甘いせいで、顔の細かいところはぼやけている。最初はそれが残念でしょうがなかったが、透明な板で覆《おお》われると、なんだかユキコが水槽の中にいるような気がして、悪くない。

机の上に写真立てを置いて、ふふっと笑い、ハラくんの手紙を読み返した。世話好きのハラくんは、五年生に進級するときのクラス替えの結果を一覧表にしてくれていた。最後に〈転校……コマツくん〉と、少年の名前もあった。それがうれしいような照れくさいような、ユキコの名前も一緒に書いてくれなかったのがちょっと悔しいような。

べつにいいけど、そんなのどうでもいいけど、と一人で言い訳をしながら、写真の中のユキコをじっと見つめた。

ユキコが引っ越した先の住所を、少年は知らない。

同じ市内だ。それは間違いない。隣の県に引っ越してしまった少年よりも、ユキコのほうがあの町の近くにいる。

だけど、遠い。

ユキコはうんと遠くの——外国に行ってしまうみたいに、あの町の、あの小学校の、あの桜の木の下から去ってしまったのだ。


ユキコの苗字《みょうじ》が変わったのは、二月の終わり頃だった。三月で転校するんだと知ったのも、同じ頃——ほんとうはもう「サイトウユキコ」になっていたが、転校するまでは「ワタナベユキコ」のままでいる、とも聞いた。

最初、少年にはその意味がわからなかった。苗字って勝手に変えてもいいんだろうか、と不思議に思っていた。

教えてくれたのは、クラスでいちばん物知りのカジワラくんだった。

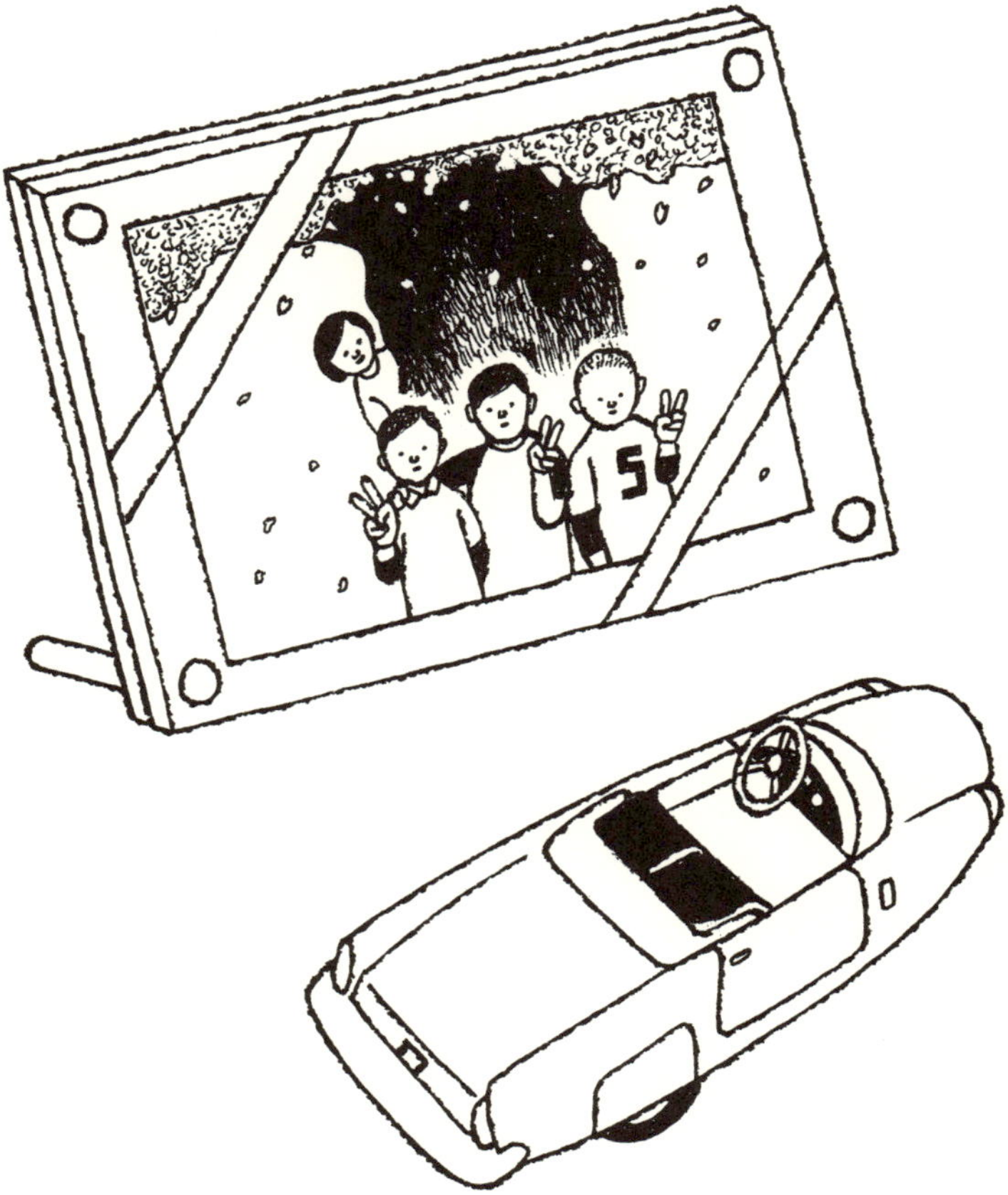
5

「再婚したんだよ、ワタナベのお母さん。サイトウさんってひとと再婚したから、あいつもサイトウになるんだ」

びっくりして「ワタナベって、お父さんいなかったの？」と訊くと、カジワラくんは「知らなかった？」とあきれ顔になって、次の日に家からわざわざ緊急連絡網のプリントを持ってきて教えてくれた。

「ここ、見てみろよ。ワタナベの保護者、お母さんの名前になってるだろ。ほかはみんなお父さんの名前なのに」

言われてみれば、確かにそうだった。

「なっ？　だから、バツイチだったんだよ。オレ、前から知ってたもん、そんなの見ればわかるもん、簡単だって」

カジワラくんのいばり方が、なんとなく悔しくて——勝ったり負けたりとは違う、もっと別の、悲しいような悔しさに包まれて、少年は黙り込んだ。

「ワタナベって昔はワタナベじゃなかったってわけだよなあ。すげえ、あいつ、苗字が三つも変わってんの。信じらんねえ、ギネスじゃねえの、これ」

一人でべらべらしゃべるカジワラくんをよそに、少年は黙ったまま、プリントのユキコの名前をじっと見つめた。自分が転校する寂しさは吹き飛んだ。ユキコの転校はふつうの転校じゃないんだ、と思った。新しい苗字になって、新しいお父さんができて……。

「でも、よかったんだよ、お母さんが再婚して」

カジワラくんはつづけて「お父さんいないと、いろんなことで、やっぱり損しちゃうし」と笑い、きょとんとする少年に「就職とか、結婚とか、オトナになってから大変なんだってさ」と付け加えた。

初めて知った。いままで知らなかったことを知って、うれしい——とは、思わなかった。嘘《うそ》だよ、と言いたかった。カジワラくんは「嘘じゃないって、ほんとだって」と言い返すだろう。おそらくカジワラくんの言うことは正しいのだろう。それでも、なぜだろう、よくわからない、ただ、違うよ、とだけ言いたくてしかたなかった。

「ハラくんに返事書いたほうがいいと思う？」

少年が訊くと、お母さんは「あたりまえじゃない」と笑った。「写真も送ってくれたんだから、お礼書かなきゃ」

「……どんなこと書けばいい？」

「ありがとうってお礼言って、こっちの学校のことも教えてあげて、遊びに来てくださいって、それでいいのよ」

「……うん」

ほんとうは違う。書くことがわからないのではなく、書きたいことがちゃんとあって、でもそれを書いていいのかどうかわからなくて……「じゃあ、書くね、書いていいんだよね」と念を押すと、お母さんは「どうぞぉ」と笑った。

新しい学校にはすぐに慣れた。友だちもできたし、クラスの野球チームではレギュラーになれそうだった。新しい町は前の町よりにぎやかで、本屋も大きい。アパートの一階にずっと住んでいたから、一戸建ての二階に自分の部屋をつくってもらったのがうれしかった。窓から景色を眺める気分はサイコーで、お母さんが「かえって面倒になっちゃった」とぶつくさ言う階段の上り下りさえ、楽しい。

あのまま前の学校にいてもどうせクラス替えだった。ハラくんのつくってくれた一覧表だと、どこのクラスになっても、四年生の頃よりつまらなそうだ。かえって転校してよかったんだ、という気もした。

新しい生活が楽しければ楽しいほど、写真立ての写真を見るたびに、胸がちくりと痛む。

ユキコは笑っている。それは変わらない。でも、その笑顔が寂しそうになった。毎日、毎日、少しずつ。

ユキコは新しい町の新しい学校で、新しい苗字で、元気にやっているのだろうか。おとなしいから、最初は友だちができないかもしれない。体育の時間に五十メートル走のタイムを計ってみればいいのに。音楽の時間にリコーダーのテストがあればいいのに。クラスのみんなはユキコの足の速さやリコーダーのきれいな音色にびっくりするはずだ。「ワタナベさん、すごーい」……違う、「サイトウさん、すごーい」とみんなに声をかけられて、囲まれて、遊びに誘われて、もう前の学校のことは思いださなくなって……そうだといいな、と心の半分で思い、そんなのイヤだけど、と残り半分で思う。

アクリル板を通して見つめる桜は、とてもきれいだった。まだ花は五分咲きといったところだったが、とにかく木が大きいので淡いピンク色の花が頭上を覆って、天気がよかったはずのあの日の青空もほとんど隠れていた。

春休みのうちに満開になっただろう。新学期は毎年、花が散りはじめた頃に迎える。いまは散り落ちた花びらがピンク色の雪のように地面を染めているだろう。一年生の頃、友だちと競争して花びらを拾い集めたことを思いだした。真新しいランドセルのジッパー付きのポケットに花びらを入れて家に帰ると、お母さんが「きれいなおみやげだね」と喜んでくれたのだ。お父さんも「遠山の金さんだ」と花びらをパッとまいて、あとでお母さんに「片づけるのはこっちなんだから」と叱られた。ユキコはどうだろう。ユキコにも、あの桜の木にまつわる思い出はあるのだろうか。思い出の中に、父親の姿は出てこない、のだろうか。

不思議だった。前の学校にいた頃よりも、会えなくなったいまのほうが、ユキコをもっと好きになっている。新しい学校になじめずに教室の隅でぽつんと座っているユキコの姿を思い浮かべると、泣きたくなるほどだった。

だから、少年はハラくんへの手紙に書いたのだ。

〈元四年二組の全員に引っ越しの手紙を出すつもりなので（出さないかもしれません）、一応、ワタナベユキコの住所も教えてください。でも、出すか出さないかは決めていません。わからなければいいです。わかれば、教えてください（出す可能性は〇・〇〇〇一パーセントぐらい）〉


ハラくんから返事が来たのは、四月の終わりだった。

〈女子のみんなも怒っています〉

ハラくんはユキコの新しい住所のあとに、そう付け加えていた。女子の友だちが何人も手紙を出したのに、ユキコは返事をくれない。友だちがユキコに送った手紙には、桜の木の前で撮った写真も入っていたはずだ。その写真を、ユキコは飾ってはいないのだろうか。

〈前の苗字を知っている友だちとは絶交して、人生をやり直すつもりなんだ、とカジワラが言っていました〉

得意げなカジワラくんの顔が浮かぶ。

〈あと、新しいお父さんにいじめられてるのかもしれません（これもカジワラが言ってました）〉

カジワラくんは、ふふん、と顎を持ち上げて笑うのだ、いつも。

手紙を読み返していたら、会社から帰宅したお父さんに呼ばれた。ゴールデンウィーク中に、前の町に帰る——転勤する前にやりかけていた仕事のことで、どうしても顔を出さなければいけない用事ができたのだという。

「車で日帰りだけど、タカシも一緒に行くか？　友だちにも会いたいだろ。夕方までならだいじょうぶだぞ」

お母さんも「行ってくれば？　みんなもひさしぶりに会えるから喜ぶんじゃない？」と言った。

少年は「行く行く行く、絶対に行く」と答え、すぐに自分の部屋に駆け戻って、ハラくんに手紙を書いた。

四年二組の同窓会をやろう。学校に集まろう。ほかのみんなも誘ってみて。ワタナベユキコにも一応手紙出してみて——と書いて、少し迷ってから、消しゴムで消した。

自分で書いた。ワタナベではなくサイトウ。宛名を書くとき、少し胸がどきどきした。

中身の文章によけいなことは書かなかった。『同窓会のお知らせ』と、学校のプリントみたいに題名をつけて、用件だけ短く箇条書きにして、おしまい。

そして、写真立てから抜き取った写真を封筒に入れた。

〈たまたま写っていたので、送ります〉

万が一、ありえない話でも万が一、ユキコがその写真を飾ってくれたら、と思うと、胸がさらにどきどきした。

ユキコ宛ての手紙に封をしたあと、ハラくんへの手紙の終わりに、一行書き足した。

〈エンドウくんとヒノくんと三人で写った写真、焼き増ししてください（お金は、はらいます）〉

同じ写真を、離ればなれの二人が持っている。想像しただけで、胸の高鳴りは息苦しさに変わってしまう。

困ったことがあったら相談してください——と書けばよかった。糊《のり》付けした封筒がはがれないのを確かめてから、ちぇっ、と舌打ちした。


校庭の桜は、すっかり緑色に変わっていた。

去年もおととしも葉桜になったところは毎日見ていたはずなのに、ほんの一カ月ぶりに見る桜は、幹のよじれ具合や枝振りが微妙に違っている気がする。写真立てに入れたあの写真のフレームからはみ出した部分が、特に。

校舎もそうだ。三月までの四年間毎日通った学校なのに、桜の木の下に立って校舎を眺めていると、ほんのちょっと、「どこ」とは言えないどこかが変わってしまったような気がしてしかたない。

学校に集まったのは十人ほどだった。思っていたより少ない。男子と女子が半分ずつで、カジワラくんはあいかわらず物知りを鼻にかけていばっていて、「ぜんぜんなつかしくないな」と笑いながら言う。同窓会というのは別れてから十年ぐらいたたないとおもしろくない、とカジワラくんは言う。ほんとうかもしれない。悔しいけれど。

男女でケイサツとドロボウに分かれて、サツドロをした。新しい学校では同じ捕まえっこのことをケイドロと呼ぶ。それを教えると、みんなは「ふうん」「へえーっ」と驚いた顔になったが、話はそれ以上は盛り上がらなかった。カジワラくんが「簡単だよ、ケイサツの上を呼ぶか下を呼ぶかだろ」とまたいばって、終わり。

サツドロのあと、女子の何人かは誰かの家に遊びに行くんだと言って帰ってしまった。残ったメンバーも鉄棒と砂場のまわりになんとなく集まって、なんとなくおしゃべりをしたり、なんとなく鉄棒で遊んだりして、五年生のクラスの話や先生の話になると、少年は相槌を打つことしかできなかった。

ユキコはいない。三十分たっても、一時間たっても、ユキコは来ない。手紙の返事も結局来なかった。

おしゃべりに一区切りつくと、また何人か帰ってしまった。中学入試をするカジワラくんは、祭日の今日も塾があるのだという。「予習の時間つぶして来てやったんだもんなあ、オレっていいヤツ」と最後の最後までいばっていたカジワラくんでも、いなくなると寂しい。「じゃあな、コマツ、元気でな」「うん、また……」と手を振って別れるときには、ちょっと胸がじんとしたほどだった。

女子のおしゃべりに耳をすましていたが、ユキコの話は出てこなかった。手紙に返事を出さなかったので、みんなから嫌われてしまった……それとも、もう、忘れられてしまったのだろうか。

「あ、そうだ、コマツ」

ハラくんは少年に声をかけ、申し訳なさそうに「写真の焼き増し、ごめん、できない」と言った。ネガフィルムを捨ててしまったのだという。「写ってるヤツにはみんな配ったし、もういらないと思ったから」

少年はズックのつま先で砂場の砂を軽く掘りながら、「そう……」とうなずいた。心の中では、うそ、なんだよそれ、ええーっ、なんでだよ、サイテー、と叫んでいるのに、それが表情にも声にも出てこない。

「でも、べつにいいだろ？　一枚持ってるんだから」

「……うん」

少年は桜の木を振り向いた。目を細め、まなざしの焦点をゆるめても、緑色の葉っぱはピンク色の花には変わらない。来年のお花見の頃には、たぶん、この町のことはあまり思いださなくなっているだろうな、と思った。

校舎の陰から、お父さんが姿を見せた。おーい、そろそろ帰るぞ、と少年に手を振った。

別れぎわ、ハラくんは「また遊びに来いよ」と言ってくれた。少年も「手紙、また書いて。オレも書くから」と笑い返し、ほかの友だちとも「じゃあな」「バイバイ」と挨拶《あいさつ》を交わした。歩きだしてしばらくすると、背中に話し声が聞こえた。みんな五年生になってからの話をしていた。振り返った少年に気づいたハラくんは、おしゃべりをやめて、両手をメガホンにして「バイバーイ！」と言った。

「オレのこと、忘れるなよお！」

力いっぱい声を出したのに、胸はきゅっとすぼまった。

「一生忘れないって！　元気でな！」

ハラくんも、みんなも、手を振りながら笑っていた。

少年はお父さんに向き直って駆け出した。

コウノくん、グッちゃん、ヒデブー……新しい学校で仲良くなった友だちの名前をつぶやいてみた。今度みんなと一緒に写真を撮ろうかな、と思った。

走りながらちらりと振り向いて、桜の木を見た。緑色に染まった梢《こずえ》が、夕暮れの風に揺れていた。ハラくんたちは、今度は少年に気づかず、鉄棒のまわりで追いかけっこをしていた。

おとうと

家の中にいるのが気詰まりで、マンガを読んでいたアッシに「遊びに行こう」と声をかけた。

外で遊ぶのがあまり好きではないアッシも、じっと家にいるよりはましだと思ったのか、「いいの?」と声をはずませた。

少年はアッシからすっと目をそらし、「早くしたくしろよ」と言った。「五十数えるまでに出てこなかったら、もう行っちゃうからな」

アッシはあわててマンガを置いて立ち上がり、居間に駆け込んだ。

「おにいちゃんと遊びに行ってきていい?」

あいつ、ばか。少年は顔をしかめた。あんのじょう、母の「だめよ、なに言ってんの」という声が聞こえた。「今日はゆっくり休んでなきゃだめなんだから。先生にも言われたでしょう?」

「でも、熱とか、全然ないよ。おなかも痛くないし」

「そうじゃなくて……」

「朝からずーっと休んでるから、もういいでしょ」

「……おにいちゃんが誘ったの？」

「そう。遊びに連れてってくれるって」

「もう、ナオキも……なに考えてるのよ」

少年は舌打ちして、母に「ちょっと来なさい」と呼びつけられる前に外に飛び出した。階段を三階から一階まで駆け下りて、団地の駐輪場に向かう。心の中で、いーち、にーい、さーん、と数える。約束だから五十までは待つ。でも、五十になったら放っておこう、と決めた。

どうせアッシと遊んだって面白くない。小学校に入学したばかりのアッシは、まだ補助輪なしの自転車には乗れない。子ども用の自転車に合わせていたら、団地の中の公園に行くのがせいぜいだ。

やっぱり、クラスの友だちと遊ぶ約束をしておけばよかった。今日は日曜日だから朝から遊べたはずだし、いまからでも学校へ行けば、校庭でサッカーかソフトボールをしている友だちがいるかもしれない。

よんじゅうきゅう、で数えるのをやめた。今日はだめだよ、と友だちと遊ぶのをあきらめた。

　もともと、今日はずっとアッシと一緒にいるつもりだったのだ。アッシが入院する前の日はあいつのために過ごしてやろう、と決めていたのだ。

　アッシは明日、隣の市の大学病院に入院する。二、三日かけて精密検査を受けたあと、目の手術を受ける。両親はくわしいことは教えてくれなかったが、両目の奥の筋を切ったりつないだりする手術になるのだという。

　そのへんを適当に回ってこようか、と駐輪場の自転車を出していたら、アッシが棟の建物の陰から姿を見せた。

「おにいちゃん、いま、いくつーっ？」

　まだなにも答えていないのに、「待って！　来たよ、セーフ、セーフ！」と大声で言いながらダッシュして……舗道の段差に足をひっかけて、転んだ。

　少年は「なにやってんだよ」と怒りながらアッシに駆け寄った。あわてて走るな、といつも言っているのに。目の悪いアッシには、風景がホンモノよりゆがんで見えているらしい。分厚いレンズのメガネをかけていても、渦《うず》を巻いたレンズの端《はし》のほう――たとえば足もとは、ゆがんだままなのだという。

「だいじょうぶか？　ケガしてないか？」

「うん……」

A-11
A-12

膝をすりむいていた。血がうっすらとにじんでいる。地面についた手も赤く腫《は》れていた。ただ、メガネがはずれて落ちなかっただけでも、よかった。

「気をつけろよ、ばか」

「……間に合った？」

「四十九・九九九九九だった」

やった、とアツシは笑った。

「お母さん、怒ってたか？」

「怒ってたけど、ちょっとだけなら遊んでいい、って」

「居間でなにしてた？」

「片づけものしてた。あと、明日のしたくと」

ふうん、と少年はうなずいた。明日からしばらく、母はアツシに付き添って、大学病院に泊まり込む。家のことは田舎からおばあちゃんが来てくれる。父はいま、おばあちゃんを駅まで迎えに行っているところだ。

「機嫌悪かっただろ、お母さん」

朝からずっとそうだった。いや、さかのぼれば、先週アツシの入院日が決まった頃から、ずっと。

でも、アツシはきょとんとした顔で「そう？」と言った。「べつに、そんなことなかったけど」

「お父さんだって、ずっと機嫌悪くて怒りっぽいだろ」

アッシは困ったように笑う。首をかしげて、「わかんない……」と言う。

少年は「ま、いいけど」と早足で自転車に戻った。「アッくんも自転車取ってこいよ」

「遊んでくれるの？」

「遊ぶって言っただろ」

「……おにいちゃんも機嫌悪いの？」

「違うって、ばか、うるさい、早くしろよ」

二十をタイムリミットにしてやろう、と思っていたら、アッシに呼び止められた。

「ぼく、行きたいところがあるんだけど」

海に行きたい、と言った。


団地を出るまでに、Tシャツの背中は汗で濡れてしまった。覚悟していた以上にペダルが重い。ハンドルもふらつく。自転車の二人乗りは生まれて初めてだった。父はいつも平気な顔でアッシを後ろに乗せていたが、こんなに大変だとは思ってもみなかった。

「しっかりつかまってるか？　絶対に手、離すなよ」

振り向くとハンドルがふらついて転びそうになるので、前を向いたまま、大声を出すしかない。

アツシは「はーい、ちゃんと持ってまーす」とうれしそうに答える。最初は「子ども同士の二人乗りってダメなんだよ、パトカーにつかまっちゃうんだよ、交通安全教室で言われたもん」と嫌がっていたのに、自転車が走りだすと楽しくなってきたようだ。

バスを乗り継いでも一時間以上かかるので、海までは行けない。そのかわり、海を見られる場所に連れて行くことにした。商工会館の屋上からだと、街並みの先のほうに、海が見える——かもしれない。

「でも、わかんないぞ、見えないかもしれないぞ、それでもいいよな、文句言うなよ」

出がけに一度、信号待ちのときにもう一度、念を押した。自信はない。商工会館は山の中腹にあるので見晴らしはいいはずだが、海まで見えるかどうかは確かめたことがないし、だいいち屋上に上ったことだってないし、今日は曇り空で、少し霞《かす》んでもいて、アツシの目で海と空を見分けられるのか、わからない。

信号が青になる。少年はハンドルを強く握り直し、ペダルを踏み込んで、言った。

「もしも海が見えなくても泣いたりするなよ。泣いたら置いて帰るからな」

泣かないって、と笑うだろうと思っていたのに、アツシは「うん……」と低い声で言った。

「おっきな声で返事しろよ」

「……はい」

今度は、高いけれどか細い声になった。泣きだしそうな声でもあった。少年はもうなにも言わない。黙ってペダルをぐいぐいと踏み込み、サドルからお尻も浮かせて、自転車のスピードを上げていく。

アッシがメガネをかけるようになったのは、幼稚園に入る前だった。健康診断で視力が悪いことがわかり、病院で検査を受けて、メガネをつくった。ほんとうはその時点で手術も勧められていたのだと、あとになって――両親が手術を決断してから、聞いた。

ずっと足手まといだった。少年が団地の友だちと遊ぶとき、アッシは「ぼくも、ぼくも」と仲間に入れてほしがった。でも、仲間に入ってもいつも「おみそ」扱いだった。歳《とし》が四つも下だし、すぐにけつまずいて転んでしまうし、ボールの転がる方向や距離がうまくつかめないので、サッカーやソフトボールの球拾いさえまともにできない。

そんなアッシを見るたびに、いらいらした。友だちがメガネをからかったり、目の悪さのせいでいじめたりしたことはなかったが、気をつかわれているのがわかるから、嫌だった。アッシと一緒にいると、なんだか自分まで「弱いほう」になってしまうようで、まだ遊びたがっているアッシを無理やり帰らせて、泣かせてしまったこともある。

かわいそうなことをした。いまは思う。いまだから思う。もっとたくさん遊んでやればよかった。キャッチボールの相手をせがまれたとき、どうせアッくんには無理だよ、と断るのではなく、たとえボールを後ろにそらしてばかりでも付き合ってやればよかった。

手術が成功すれば、視力はだいぶ上がる。いまほど分厚いメガネをかけずにすむし、ものがゆがんで見えるのも治る。でも、もしも失敗してしまうと——父も母も、そのことはなにも話さない。だから、少年も訊《き》けない。

「アッくん」前を向いたまま、声をかけた。「なんで海に行きたいんだよ」

「なんとなく……」

「だって、おまえ、海なんかべつに好きじゃないだろ」

「でも……わかんないけど、なんとなく……」

「明日入院するから？」

少年の声は、かすかに震えた。アッシの返事がなかったので、ハンドルを強く握りしめた。胸がつっかえて、どきどきする。胸の中には、まだ訊きたいことが残っている。

目の手術をするから？　手術に失敗するかもしれないから？　もしも失敗したら目がどうなるのか、アッくん、知ってるの——？

道は上り坂になった。二人乗りで漕《こ》ぐのはもう無理だ。少年は胸をつっかえさせたま、自転車から降りた。アッシも荷台から降りようとしたが、「いいよ、おまえは乗ってて」と振り向かずに言って、自転車を押していく。

「らくちーん。牧場に行ったときみたい」

アッシは笑った。去年の夏、家族で高原の観光牧場に出かけ、曳《ひ》き馬に乗った。両親に「勇気出してがんばれ」「怖くない怖くない」と励まされて一人で鞍《くら》にまたがったアッシは、白樺林の中を一周した。最初は鞍についた取っ手を両手でしっかり握りしめていたが、終わり頃には片手を離して、母のかまえるカメラに向かってVサインをつくった。「勇気出してがんばれ」「怖くない怖くない」と、両親は手術の前にも言うだろうか。手術に成功したら、アッシはまたVサインをつくるのだろうか……。

入院は二週間の予定だった。目の中にメスを入れるというのに、意外と短い。そんなに難しい手術ではないのかもしれない。でも、もしも、もしも、もしも……と考えると、「もしも」の向こう側にあるものがどんどん近づいてくる気がする。怖い。だったらなにも考えなければいいのに、勝手に考えてしまう。両親に文句を言いたい。もっと早く手術を受けさせていれば、少年も幼すぎて「もしも」のことは考えずにすんでいたのに。

商工会館の建物が見えた。あと少し。少年は息を詰め、歯を食いしばって、自転車を押していく。汗が目に滲《し》みる。拭き取りたくても、ハンドルを片手で支えるのは無理だ。目がチカチカして痛い。汗と涙がにじんだ目に映る風景は、揺れながらゆがんでいた。

日曜日の商工会館は玄関に鍵が掛かっていた。少年はあきらめきれずに玄関のガラスドアを押したり引いたりしたが、アッシはさばさばした様子で「おにいちゃんと二人乗りしたから、面白かったから、もういいよ」と笑った。

「だめだよ、そんなの」

開いている出入り口がどこかにあるかもしれない。たまにはそういうことで「もしも」を使いたかった。

「勝手に入ったら怒られちゃうよ……」と逃げ腰のアッシの手を引いて建物の裏に回ると、非常階段があった。落ちないように柵《さく》のついた、らせん階段だった。

よし、と少年はうなずいた。方角も海のほうを向いている。いいぞ、と頰がゆるんだ。

「もしも」が当たった。めったに当たらないから「もしも」なのだから、もう一つの「もしも」は、これでもうはずれる——と、いい。

階段を上った。転んだときのためにアッシの後ろに回った少年は、「手すり、ちゃんと持ってるか」と何度も声をかけた。階段の段差はけっこうあって、まだ小さなアッシは、一段ずつ踏ん張らないと上れない。でも、それがかえってよかったのか、アッシは一度もけつまずくことなく、よいしょ、よいしょ、と上っていった。

三階から四階に上る途中で、まわりの建物の高さを超えて、視界が開けた。

「アッくん、海、あっちだから」

少年が指差す方向に目をやったアッシは、途方に暮れた顔で「どこぉ……？」と訊いた。

「もっと先だよ、ずーっと先のほう」

見えるのだ。ビルや家の建ち並ぶ街を越えたずっと先に、空よりも微妙にまぶしい、コンタクトレンズのような形の入り江が小さく見える。間違いない。あれは海だ。

檻の鉄格子をつかむ動物園のゴリラみたいに、アッシはしばらく黙って柵に顔を張りつかせた。

カウントダウンは十。少年はそう決めた。十数えても海を見つけられなかったら、もっと上まで行けばいい。このビルは六階建てだから、どこかで海を見つけられる。絶対にだいじょうぶ。自分に言い聞かせて、いーち、にーい、と数えはじめて……なな、で終わった。

「わかった！　見えた！」

アッシの歓声が、鉄の階段にキンと響いた。


二人はしばらく黙って、街と、空と、海を眺めた。ときどき顔を見合わせて、アッシはうれしそうに、少年は照れくさそうに、笑った。アッシのほうが階段の上の段にいるので二人の顔の高さはほとんど同じで、正面から見るときにはアッシのメガネの渦もそれほど目立たないんだな、と少年は気づいた。

「夏休みになったら、ほんとに海に行こう」

少年が言うと、アッシは「泳げる？」と訊いた。

「泳げるし、お母さんに水中メガネ買ってもらって、もぐって遊ぼう」

「お魚、見える？」

少年は息をすうっと吸い込んで、「アッくんの目が良くなったら、見えるよ」と言った。

「だから見えるんだよ、絶対、百パーセント」

「……ほんと？」

「信じろよ、ばーか。文句言ってたら置いて帰るぞ」

胸につっかえていたものが、とれた。アッシもなんだかほっとしたように、えへへっ、と笑った。

「アッくん……」

「なに？」

「手術がすんだらお見舞いに行くから、マンガ、たくさん持って行ってやる」

大事にしているコミックスを、ぜんぶ。「そのかわり汚さずに読めよ」と言うと、アッシは笑ってうなずいた。

「あと、いろんなテレビ、録画しとくから。退院してから観ろよ。オレも一緒に観てやるし」

入院中にアッシの好きなアニメの特番があるといいのに。ガキっぽいアニメなんて最近はちっとも観ていない。でも、アツシも一緒なら、泣くほど面白いだろう。

「あと……あと……」

ほかになかったっけ、アッくんに見せたいもの、なにかなかったっけ。うまく思いつかずに「あと……あと……」と繰り返していると、雲の切れ間から夕陽が射した。

オレンジ色に輝いた海を、アツシは「うわあっ、きれいっ」とつぶやいて、じっと見つめた。

「……べつにたいしたことないよ、もっときれいなの、いっぱいあるよ……オレ、知ってるから、今度アッくんに見せてやるから……」

少年は柵に軽くおでこをぶつけながら言った。

それきり二人はまた黙り込んで、海を眺めた。夕陽がまた雲に隠れてしまうまで、じっと見つめつづけた。

友だちの友だち

最初は旗だと思った。国旗のような長方形の旗ではなく、三角形のペナントが何枚か並んで、団地の一室のベランダに掲げられている。

少年は自転車に乗っていた。町の探検の途中だった。三月の終わりに引っ越してきて、まだ一カ月足らず——通学路からはずれたこの団地に来たのは、初めてだった。

自転車を停める。見上げると、なあんだ、と苦笑いが浮かんだ。旗ではなかった。竿《さお》をフェンスに掛けた、小さなこいのぼりだった。

部屋は三階だった。ベランダに干してある洗濯物の中に子ども服はなかったが、こいのぼりを揚《あ》げるのは男の子のいる家なんだということは、少年も知っている。

三年生か四年生の子だったらいいな。男の子がたまたまベランダに出てくる、たまたま少年に気づく、少年が「よお」と手を挙げて笑うと、男の子も笑い返す、そして二人はなんとなく仲良くなって……そんな情景を思い浮かべながら、少年は自転車を停めたまま、こいのぼりを見つめた。

風が強い。こいのぼりはしっぽまで伸びて、ぱたぱたと音をたてて泳いでいる。小さなこいのぼりだ。竿も細くて短く、一尾ぐらいなら片手に持って振り回すこともできそうだった。

風は少年にも吹きつける。埃《ほこり》っぽい風だ。団地の周囲に広がる畑の土が巻き上げられているのだろう、ときどき頬に小さな土のかけらが当たる。頬がぴりっとするたびに、目を細め、自転車のハンドルを強く握り直して、肩をすぼめた。

町の探検をするときには、いつも一人で自転車をとばす。お母さんは知らない。少年は学校から帰るとすぐに「遊びに行ってきまーす」とはずんだ声で言って家を出て、町をあてもなく自転車で巡って、夕方五時のチャイムが鳴るまで時間をつぶしてから、「ただいまーっ」とはずんだ声で家に帰る。

初めての転校だった。新しい友だちとどうなじんでいけばいいのかよくわからなかったから、しくじった。最初はよかったのだ。クラスのみんなは休み時間のたびに少年のまわりに集まって、前の学校のことをあれこれ訊《き》いてきた。すっかり人気者だ——と、勘違いしてしまった。気がゆるんだ。質問に答えるだけではなく、なにか面白いことを言って、みんなを笑わせてやろうと思った。前の学校や町のことを少し大げさに話した。この学校やこの町の感想も、ギャグのネタになるようにしゃべった。すると、それが「いばってる」「ここを田舎だと思ってバカにしてる」ということになってしまった。笑ってくれるはずのみんなは怒りだした。誰も少年の席には集まらなくなり、放課後のソフトボールにも誘ってくれなくなった。

「そんなに前の学校がいいんだったら、帰れよ、そっちに」——今日、聞こえよがしに言われた。言ったのは、少年の話に真っ先に腹を立てたヨッちゃんだった。

男子のリーダー格のヨッちゃんは、好きなテレビやゲームやマンガがどれも少年と同じで、おしゃべりをするときのテンポやノリもぴったりで、クラスでいちばん仲良くなれるはずだった。親友になれたらいいな、きっとなれるだろうな、と楽しみにしていた一週間前までが、いまは、ずっと昔のことのように思える。

知らないうちにうつむいてしまっていた。顔を上げ、こいのぼりをもう一度見つめて、まあいいや、とため息をついて自転車のペダルを踏み込みかけたとき、こいのぼりが一尾、空に泳ぎ出た。ぽかんと開けた口と竿を結んでいた紐《ひも》が、ほどけたか、ちぎれたか、黒い真鯉《まごい》が竿からはずれてしまい、風に乗って飛んでいったのだ。

少年はあわてて追いかけた。畑の真ん中にふわりと落ちたのを確かめると、自転車を乗り捨てて、ごめんなさいごめんなさいしょうがないんです、と謝りながら畑に入った。

団地の建物は古く、オートロックどころかエレベータもなかった。陽《ひ》のほとんど射さない階段はひんやりとして、カビと埃の入り交じったにおいがした。

竿のあるベランダの位置を外から確認し、廊下に並ぶドアの数と照らし合わせて、奥から二軒目のドアのチャイムを鳴らした。

中から顔を出したのは、おばさんだった。少年のお母さんと変わらない年格好で、お母さんよりきれいで、そのかわり、お母さんより寂しそうに見えた。

こいのぼりが飛んでいったことを説明して、拾ってきたこいのぼりを差し出すと、おばさんはとても——少年が予想していたよりもずっと喜んで、感謝してくれた。

「ちょっと待っててね、お菓子あるから、持って帰って」

玄関の中に招き入れられた。おばさんは玄関とひとつづきになった台所の戸棚を開けながら、「何年生？」と訊いた。

「五年、です」

「……東小学校の子？」

けげんそうに訊かれた。

少年がうなずいて、「転校してきたばかりだけど」と付け加えると、おばさんは、ああそうなの、と笑った。固まっていたものがふっとゆるんだような笑顔だった。

「ねえ、ボク、上がっていきなさい。おみやげのお菓子はあとであげるから、おやつ食べていけば？」

知らないひとの家に上がるのはよくない。お母さんにいつも言われている。

でも、五時のチャイムまではまだ時間があるし、断るとおばさんはまた寂しそうな顔で固まってしまいそうだし、なにより、少年は気づいていた。台所の奥の居間に男の子の写真が飾ってある。大きく引き伸ばした写真をきちんとした額に入れて、鴨居《かもい》に立てかけて——田舎のおじいちゃんの家では、死んだひいおじいちゃんとひいおばあちゃんの写真をそうしている。そして、部屋に染みついているにおいは、おじいちゃんの家でいつも嗅《か》いでいるのと同じ……たぶん……きっと……。

うつむいて靴を脱ぐ少年に、おばさんは言った。

「せっかくだから、お仏壇にお線香をあげてくれる？」


おばさんの息子は、タケシくんという。三年生の秋、交通事故で亡くなった。生きていれば東小学校の五年生——少年と同じ五年二組だったかもしれない。仏壇に供《そな》えられた超合金ロボやトレーディングカードは少年の好きなものと一緒だったから、仲良しの友だちになれた、かもしれない。

おばさんは東小学校のことをあれこれ教えてくれた。髪の薄い校長先生のあだ名が「はげっち」だということ、秋の運動会に親子競技があること、冬になるとクラスでストーブ委員を決めること、学校のプールは真ん中が深くなっていて背が立たないかもしれない、ということ……。

ヨッちゃんの名前が出た。胸がどきんとした。タケシくんのいちばんの友だちはヨッちゃんだったらしい。

「ヨッちゃんと同じクラスなの？　じゃあ、もう友だちになったでしょ。あの子元気だし、面白いし、意外と親切なところもあるから」

タケシくんが小学校に上がって最初に仲良くなったのがヨッちゃんで、最後まで――いまでもヨッちゃんは、ときどき仏壇にお線香をあげに来てくれるのだという。

「ヨッちゃん、いろいろ面倒見てくれるから、すぐに友だちになれたでしょ」

少年は黙ってうなずいた。一週間前までは、確かにそうだった。通学路の近道も、学校でいちばん冷たい水が出る水飲み場の場所も、教室を掃除するときの手順も、ぜんぶヨッちゃんに教わった。

「そうかあ、ヨッちゃんと友だちかあ……」

おばさんはうれしそうに微笑んで、しみじみとつぶやくように言った。勘違《かんちが》い――でも、そんなの、打ち消すことなんてできない。

「じゃあ、タケシとも友だちってことだね」

おばさんはもっとうれしそうに言った。

少年がしかたなく「はあ……」と応《こた》えると、玄関のチャイムが鳴った。

外からドアが開く。

「おばちゃん！　こいのぼり、黒いのがなくなってる！　飛んでったんじゃないの！」

玄関に駆け込んできたのは、ヨッちゃんだった。

五時のチャイムが鳴るまで、少年はヨッちゃんと一緒にタケシくんの家にいた。おばさんに「やろう、やろう」と誘われて、三人でテレビゲームをした。タケシくんの家にあったゲームはみな、少年も三年生の頃に遊んだものだった。タケシくんが生きてれば友だちになったよな、絶対そうだよな、と少年は思う。去年発売されたシリーズの新作はもっと面白い。タケシくんが生きてれば絶対にハマっただろうな。

ヨッちゃんはゲームがうまかった。少年といい勝負——勝ったり負けたりを繰り返す二人を、「ひさしぶりにゲームすると、指と目が疲れちゃうねえ」と途中から見物に回ったおばさんは、にこにこ微笑んで見つめていた。

ヨッちゃんと仲直りをしたわけではない。ヨッちゃんは家に入って少年を見たとき、一瞬、なんでおまえなんかがここにいるんだよ、という顔をした。少年も、しょうがないだろ、とにらみ返して、そっぽを向いた。

おばさんがジュースのお代わりを取りに台所に立ったとき、「さっさと帰れよ」とヨッちゃんに小声で言われ、肩を小突《こづ》かれた。

少年も最初はそうするつもりだった。おばさんに嘘《うそ》がばれるのが嫌だったし、嘘をついたままタケシくんの写真に見つめられて遊ぶ自分が、もっと嫌だった。

でも、おばさんはジュースを持って戻ってくると、二人に言った。

「タケシも喜んでるわよ、ヨッちゃんに新しいお友だちができて」

帰れなくなった。頬が急に熱くなり、赤くなって、そこからはいままで以上にゲームに夢中になったふりをした。ヨッちゃんも、ゲームのコントローラーを動かしながら、ときどき、テレビの画面を見つめたまま話しかけてくるようになった。そんな二人を、おばさんはずっと――ほんとうにずうっと、にこにことうれしそうに見つめていた。

先に「さようなら」と言った少年が団地の建物の外に出ても、ヨッちゃんはなかなか出てこなかった。放っておいて帰るつもりで自転車にまたがったが、このまま帰ってしまうのも、なんとなく嫌だった。困ったなあと思ってタケシくんの家のベランダを見上げていたら、窓が開いて、おばさんがベランダに顔を出した。少年に気づくと、「ちょっと待っててね」と笑って声をかけ、フェンスからこいのぼりの竿をはずした。

しばらくたって外に出てきたヨッちゃんは、真鯉だけをつないだ竿を持っていた。

「すぐ帰らないとヤバい？」

少年に顔を向けずに訊いた。

「べつに……いいけど」

「片手ハンドル、できる？」

「自転車の？」

簡単だよ、そんなの、と笑った。道が平らだったら両手を離しても漕《こ》げる。

ヨッちゃんはこいのぼりを少年に渡した。

「おまえに持たせてやる」

「……どうするの？」

「ついて来いよ。タケシのこいのぼり、ぴんとなるように持ってろよ」

そう言って、自分の自転車のペダルを勢いよく踏み込んだ。

少年はあわてて追いかける。風を呑み込んだこいのぼりは、尾びれまでぴんと張って泳ぎはじめた。意外と重い。しっかりと竿を握っていないと、飛んでいってしまいそうだ。

ヨッちゃんの自転車は団地を抜けて、細い道を何度も曲がっていく。片手ハンドルの運転ではなかなかスピードを上げられない。ヨッちゃんも途中でブレーキをかけたり自転車を停めたりして、少年を待ってくれた。「かわってやろうか」と言われて、「ぜんぜん平気だよ」と応えると、ふうん、と笑われた。いままでとは違う――転校したての頃とも違う笑い方だった。タケシくんと一緒だった頃もこんなふうに笑っていたのかもしれない。

そう思うと、急にうれしくなり、でも急に悲しくもなって、竿をぎゅっと強く握りしめた。

河原に出た。空も、川も、土手も、遠くの山も、夕焼けに赤く染まっていた。

ヨッちゃんは土手のサイクリングロードに出ると自転車を停め、少年からこいのぼりを受け取った。

「俺ら……友だちなんだって？」

少年は、ごめん、とうつむいた。おばさんが勝手に勘違いしただけだ、とは言いたくなかった。

「べつにいいけど」

ヨッちゃんはまたさっきのように笑って、手に持った竿を振ってこいのぼりを泳がせた。

「タケシって……すげえいい奴だったの。サイコーだった。俺、いまでも親友だから」

「……うん」

「でも……おばさん、もう来るなって。ヨッちゃんは新しい友だちをどんどんつくりなさい、って……そんなのヤだよなあ、関係ないよなあ、俺が友だちつくるのとかつくんないのとか、自分の勝手だよなあ……」

ヨッちゃんは、悔しそうに竿を振り回す。こいのぼりは身をくねらせ、ばさばさと音をたてて泳ぐ。

「こいのぼり、ベランダからだと、川が見えないんだ。俺らいつも河原で遊んでたから、見せてやろうかな、って」

へへっと笑うヨッちゃんを、少年はじっと見つめた。ヨッちゃんはそのまなざしに気づくと、ちょっと怒った顔になって、「拾ってくれてサンキュー」と言った。

少年は黙って、首を横に振った。

「あそこの橋渡って、ぐるーっと回って、向こうの橋を通って帰るから」

向こう岸を指さして言ったヨッちゃんは、行こうぜ、とペダルを踏み込んだ。

ハンドルが揺れる。自転車が道幅いっぱいに蛇行《だこう》する。片手ハンドルで自転車を漕ぐのは、あまり得意ではなさそうだ。

少年はヨッちゃんの自転車に並んで、手を差し伸べた。「持ってやろうか」と声をかけると、ヨッちゃんは少し間をおいて「悪い」と竿を渡した。「べつにいいよ」と竿を受け取ったあと、ほんとうはもっと別の言葉を言わなきゃいけなかったのかもな、と思った。でも、そういうのって、いいんだよ、もう、と竿を持った右手を高く掲げた。

こいのぼりが泳ぐ。金色にふちどられたウロコが、夕陽を浴びてきらきらと光る。

ヨッちゃんの自転車が前に出た。少年は友だちを追いかける。右手で、友だちの友だちを握りしめる。振り向いたヨッちゃんが、「転ぶなよお」と笑った。

カンダさん

カンダさんは、少年に会うといつも「おっす」と照れくさそうに言う。背が高くて、ひょろりとしていて、あまり口数も多くない。

「カンダ」を漢字でどう書くのか、少年は知らない。下の名前も知らない。何歳なのか、どこに住んでいるのか、なんの仕事をしているのか、くわしく訊《き》こうとすると、両親はいつも、子どもはそんなこと知らなくていいんだから、と笑いながら言う。

ただ、カンダさんが隣の家を訪ねる理由だけは、少年にもよくわかっている。

カンダさんは、隣の久美子ねえちゃんの恋人だ。二人は、いつか、近いうちに結婚する。

一人っ子の少年にとって、久美子ねえちゃんは歳《とし》の離れたお姉さんのようなものだった。赤ん坊の頃からのアルバムをめくると、久美子ねえちゃんと一緒に写った写真が何枚もある。三人きょうだいの末っ子の久美子ねえちゃんも、少年のことを弟のように可愛がってくれていて、だから——カンダさんのことを少年は、久美子ねえちゃんの両親よりも先に知っていた。

カンダさんと初めて会ったのは、四年生の三学期、雪の積もった日曜日だった。

少年は朝ごはんもそこそこに近所の公園に出かけて、友だちと一緒に雪だるまをつくって遊んでいた。雪だるまのおなかができあがった頃、久美子ねえちゃんが公園の横を通りかかった。

「ヨウくん、寒くない？」

ご機嫌な声で久美子ねえちゃんは言った。

「どこか遊びに行くの？」と少年が訊くと、「駅まで友だちを迎えに行くの」と笑って答え、待ち合わせまでまだ時間があるのだろうか、公園の中に入ってきた。

「友だちって、会社のひと？」

久美子ねえちゃんと同じ会社の「友だち」なら、何人か知っている。若い女のひとばかりだ。一度、みんなでお花見に出かけたときに、「ヨウくんもおいでよ」と連れて行ってもらった。久美子ねえちゃんは少年を「わたしのカレシ」と紹介して、少年が頬を真っ赤にすると、みんなはおかしそうに笑った。

「うーんとねえ、ちょっと違うかな。会社も違うし、『友だち』っていうのじゃないかな、やっぱり」

久美子ねえちゃんはくすぐったそうに肩をすくめ、ほんの少し照れくさそうな顔になった。それでピンと来た。だから逆に、当たっていてほしくないと思いながら、「カレシ？」と訊いてみた。

「やだぁ」と久美子ねえちゃんは笑った。「ヨウくん、そんな言葉まだ覚えなくていいの」と少年の肩を軽くぶつ真似をして、「じゃあね」と公園を出て行った。「違う」とは言わなかった。それが答えだった。正解してもあまりうれしくないクイズもあるんだと、少年はそのとき初めて知った。

それからしばらくたって、久美子ねえちゃんは男のひとと二人で公園に戻ってきた。久美子ねえちゃんはぷんぷん怒っていて、男のひとはしょんぼりとしていた。

「お父さんも待ってるんだから、いまさらなに言ってるのよ」「いや、行くよ、行くけど、ちょっと心の準備っていうか」「緊張してるのはこっちだって同じよ。もっとしっかりしてよ」「うん、わかる、わかってる、だいじょうぶ、ちょっとだけ休んだら行けるから」「情けないなあ」……。

そんなやり取りのあと、久美子ねえちゃんは少年に「ヨウくん、雪合戦しよう。このお兄さんにぶつけてやって」と言った。「カンダさんっていうんだけど、いいよ、やっちゃって」

カンダさんはぎょっとして、少年に「タンマ、タンマ」と言った。「いいから、ヨウくん、やっちゃって。みんなもぶつけていいわよ」——少年はすかさず雪玉をつくって、力いっぱい放った。カンダさんの肩に当たった。それがきっかけになって、友だちもいっせいに雪玉をぶつけた。途中からは、久美子ねえちゃんの雪玉も加わった。うひゃあ、やめてくれえ、とカンダさんは笑いながら逃げまわった。友だちも歓声をあげてカンダさんを追いかけた。久美子ねえちゃんも笑っていた。少年だって笑った。うれしくてしょうがなかった。このひとが久美子ねえちゃんのカレシでよかったな、と思った。

雪玉に泥が混じりだした頃、久美子ねえちゃんは「はい、もう、おしまーい」と言って、カンダさんのコートについた雪をていねいに払った。カンダさんは少年をそばに呼んで「サンキュー、走り回ったおかげで、緊張がほぐれたよ」と握手をしてくれた。「ヨウくんは俺の恩人だから、これからもよろしくな」——そんなことを言ってくれるおとなは、初めてだった。

春になると、カンダさんは日曜日のたびに久美子ねえちゃんの家に遊びに来た。もう結納の日取りを決めるところまで進んでいるんだと、母から聞いた。

少年とカンダさんもどんどん仲良くなった。久美子ねえちゃんの家を訪ねるときには、カンダさんは必ず少年とも遊んでくれた。

「ヨウくんのこと、大好きなんだって」久美子ねえちゃんが教えてくれた。「もともと子どもが好きだし、ヨウくんと遊んでると田舎にいる弟のことも思いだすんだって」

カンダさんは、スポーツはあまり得意ではなかった。キャッチボールをやってもサッカーをやっても、同級生の友だちのほうがずっとうまい。そのかわり、プラモデル作りを手伝ってもらうときには、少年はいつも目を大きく開いてカンダさんの指先を見つめた。少年が作るとどうしても接着剤がはみ出してしまう細かい部分も、カンダさんは魔法か手品のようにきれいに仕上げてくれる。

プラモデル作りに夢中になってしまい、久美子ねえちゃんが「なにやってるの？　もうごはんできて、みんな待ってるのよ」と迎えに来ることもしょっちゅうだった。そんなときにはいつも、カンダさんは少年に目配せして、いけねっ、と肩をすくめる。部屋を出るときにも、また今度な、と笑う。その「また今度」が、同じ日だったこともある。おじさんとお酒を飲んだあと、帰りに少年の家に寄って「レーダーのところは難しいから、俺がやっといてやるよ」と作りかけの軍艦のプラモデルを箱から取り出し、一緒にいた久美子ねえちゃんが「用事があるから早く帰るって、このことだったの？」とあきれかえると、えへへっ、といたずらっぽく笑う。

カンダさんは、そういうひとだった。

そして、そういうひとは、おとなの世界ではあまりほめられないんだということを、五

年生になった少年はうっすらと察していた。

「どうもねえ、おとなと会うより子どもと会ってるほうが楽しそうだなんてねえ……いくらいいひとだっていっても、あれじゃあちょっとねえ……」

母はため息をついていた。

「久美子ちゃんもアレだな、だいじょうぶなのかなあ、どうも頼りないからなあ」

父もなんとなくカンダさんのことを気に入っていない様子で、それはきっと、久美子ねえちゃんの両親も同じなのだろう。

でも、少年にとっては、久美子ねえちゃんが歳の離れたお姉さんなら、カンダさんは歳の離れたお兄さんだった。大好きなお兄さんができた。それだけで、よかった。

五月の連休中に、久美子ねえちゃんに「明日、動物園に行くんだけど、ヨウくんも一緒に行かない？」と誘われた。

「カンダさんもいるの？」

「彼が言ったの、ヨウくんも誘おうって」

少年は、やったあ、と跳び上がって喜んだが、両親はいい顔をしなかった。「ほんとに久美子ちゃんがそう言ったんだな」と父は何度も念を押し、母はもっとしつこく「ほかになにか言ってなかった？　それだけだった？」と訊いてきた。

「行っていいでしょ？」

両親は顔を見合わせ、父が黙ってうなずくと、母もやっと「いいわよ、二人の邪魔しないようにね」と言った。

動物園は楽しかった。

カンダさんも久美子ねえちゃんも、にこにこ笑って、動物の檻《おり》をひとつずつゆっくりと時間をかけて巡っていった。

途中で手をつないだ。右手をカンダさんと、左手を久美子ねえちゃんと——五年生になってからは両親と手をつなぐことは一度もなかったが、カンダさんと久美子ねえちゃんとなら手をつないでも恥ずかしくなかった。

帰りの電車も、少年を真ん中にして三人並んで座った。電車の揺れに身を任せているうちに、少年はうたた寝をしてしまった。夢の中でカンダさんと久美子ねえちゃんの話し声が聞こえた。久美子ねえちゃんは怒った声で……違う、涙ぐんだ声でなにか言っていた。カンダさんの言葉は聞き取れなかったが、声の調子で、謝ったり言い訳をしたりしているんだ、と感じた。どうしたの？　と訊きたかったが、訊いてはいけないんだ、とも思った。そう思ったのも、夢の中のことだっただろうか。

「ヨウくん、次降りるよ、駅だよ」と揺り起こされた。

久美子ねえちゃんは泣いていなかった。涙の名残《なごり》もない。だが、少年の隣には、カンダさんではなく知らないおばさんが座っていた。

「カンダさんは？」

「帰った。途中だったの、降りる駅」

「……起こしてくれればよかったのに」

幼い子どもがすねるように言うと、久美子ねえちゃんは「ごめんね」と笑った。泣き顔のような笑顔だった。

「でも……いいや、どうせ来週また会えるもんね」と少年は言った。おそるおそる、にならないように気をつけて。

久美子ねえちゃんはさっきと同じ顔で笑うだけで、なにも応《こた》えてはくれなかった。


連休が明けると、カンダさんが姿を見せない日曜日が増えてきた。カンダさんが帰ったあとの隣の家からおじさんと久美子ねえちゃんが言い争う声が聞こえてくるようにもなったし、隣のおばさんが夜中にわが家を訪ねて両親と長い時間話し込むこともあった。

それでも、カンダさんは、隣の家を訪ねたときには必ず少年の家にも寄った。父は居間にこもったままで、母もお茶を出さない。冷ややかな空気の中、カンダさんは少年の部屋に入るとほっとしたように肩の力を抜いて、「プラモ、どこまで進んだ？」と笑う。少年は作りかけのプラモデルを箱から出して、「ここまで」と言う。言葉を交わすのは、それだけだった。

カンダさんは黙々とプラモデルを作りつづけた。最初は難しいところを手伝うだけのはずだったのに、少年には手出しさせず、話しかけてもこないで、一心に指を動かして軍艦や戦車を作りつづけた。

久美子ねえちゃんは、もう、カンダさんを迎えには来なかった。


結婚の話がこわれた。

カンダさんの実家が反対したせいだ、と少年は両親から聞いた。

カンダさんの実家は東京から遠く離れた町で商売を営んでいて、長男のカンダさんはいずれは帰郷して家業を継ぐ――プロポーズしたときには「家のほうは弟に任せるから」と言っていたのに、実家の猛反対と説得を受けて、決心が揺らいだ。久美子ねえちゃんはいまの仕事を辞めるつもりも東京から離れるつもりもなかった。板挟みになったカンダさんは、優柔不断な態度をとりつづけ、結論を先延ばしにしたすえに、結局、久美子ねえちゃんではなく実家のほうを選んだ。

「もう遊びに来ないの?」

少年が訊くと、母は「あたりまえでしょ、顔なんて出せないわよ」と吐き捨てるように言った。「あんただってそう思うでしょう? 久美子ちゃんは裏切られたのよ、あの男に、そんなの許せないでしょう？」

梅雨入りして間もない頃——金曜日から降りつづいていた雨がようやくあがった日曜日の夕方、友だちの家で遊んできた少年が帰り道に公園の脇を通りかかったら、背広姿のカンダさんがいた。

いつものように「おっす」と照れくさそうに挨拶したカンダさんは、「ここで待ってたら会えるんじゃないかなって」と笑った。

少年は笑い返さない。頬をこわばらせたまま、カンダさんから顔をそむけて、「おねえちゃんちに行ったの？」と訊いた。

「行ったけど、会えなかった。ヨウくんの家にも寄ったんだけど、おばさんに怒られちゃったよ」

「……ふうん」

「もう来ないと思うんだ、ここには。だからヨウくんに、さよならって言いたくて」

少年は公園の植え込みのアジサイをじっと、にらむように見つめる。

「いままでありがとう」

カンダさんの差し出す右手が視界の隅をちらりとよぎったが、少年は顔を向けず、バイバイ、と口を小さく動かすだけだった。

カンダさんもすぐに手をひっこめて、「プラモ、どこまで進んだ?」と訊いた。

「壊した」

少年はそっけなく言って、頭の中でアジサイの花びらの数をかぞえていった。

カンダさんは黙って公園を出て行った。

花びらを三十まで数えたところで、少年はその場にしゃがみ込み、雨で濡れた地面を手で搔《か》いて、泥玉をつくった。

カンダさんの背中めがけて、泥玉を放った。

当たらなかった。泥玉はカンダさんの足元ではじけてしまった。

振り向いたカンダさんは怒らなかった。そのかわり、雪合戦のときのように逃げてもくれなかった。じゃあな、と笑って、また歩きだして、ほどなく背中は夕闇に消えた。


久美子ねえちゃんは、二年後に別の男のひとと結婚をした。今度のひとはおじさんやおばさんにすぐに気に入られて、少年の両親も「久美子ちゃんもこれで幸せになれるよ」と喜んでいた。でも、そのひとは、少年の歳の離れたお兄さんにはならなかった。少年はもう中学生で、久美子ねえちゃんに会っても、「こんにちは」しか言わなくなっていた。

結婚式の前の日に、久美子ねえちゃんがお別れの挨拶に来た。お祝いのケーキを用意していた両親は、久美子ねえちゃんを居間に通して昔ばなしを始めたが、少年は最初に玄関先で挨拶をしただけで、あとはずっと自分の部屋にこもっていた。

本棚に、小学生の頃に作ったプラモデルがいくつも飾ってある。そのうちの一つ――カンダさんに手伝ってもらった戦艦を本棚から下ろした。小学五年生の頃には魔法のように美しく思えた仕上がりは、あらためてじっくり見つめると、接着剤が意外と外にはみ出していて、たいしたことはなかった。

玄関のほうから話し声が聞こえた。母に「久美子ちゃん、帰っちゃうわよお」と呼ばれたが、聞こえなかったふりをして、戦艦のプラモデルを見つめつづけた。

お兄さんになりそこねたひとのことを、ひさしぶりに思いだした。きっと、あのひとも久美子ねえちゃんの結婚を喜んでくれているだろう――ふふっと笑うカンダさんの顔がくっきりと浮かんだ。

少年は戦艦を手に取って、持ち上げた。大砲はついていてもきっと敵にはからきし弱いはずの戦艦は、虚空の大海原をのんびりと、頼りなく進んでいった。

雨やどり

その日の天気予報は「快晴のち曇り一時雨、ところによって激しい雷雨となるでしょう」だった。最近はずれどおしの予報が、ひさびさに——気象予報士がガッツポーズをつくりそうなほど、みごとに当たった。

まぶしい午後の陽射しがふっと弱まったかと思うと、見る間に空が暗くなってきた。重たげな雲だ。それも、いつもとは違う色合いだった。灰色の絵の具でべったり塗りつぶしたような雲ではなく、濃淡がはっきりしている。雲が厚いところは夜のように暗く、薄いところからは、ほの白く陽が透けていた。

ゴロゴロという低い音が聞こえた。風が止まって、街を包む空気が引き締まった。埃《ほこり》のにおいがする。かすかに焦《こ》げくさいようなにおいでもある。

一丁目の少年は、おばあちゃんと二人でバス停にいた。

「傘、持ってきてるの？」

少年が訊《き》くと、おばあちゃんは黙って首を横に振った。

次のバスが来るのは十分後。前のバスには、ちょっとの差で間に合わなかった。運が悪い——おばあちゃんの田舎では「マンが悪い」というのだと、一緒に暮らした半年の間で教わった。

「ねえ……ウチに帰って、傘、持ってこようか？」

おそるおそる訊くと、おばあちゃんは「そげなことせんでええ」と迷う間もなく言った。そりゃそうだよね、と少年もうつむいて、足元の小石を軽く蹴った。

家に帰ると、お母さんがいる。怒っているのか泣いているのかはわからないが、とにかく不機嫌なお母さんが、ヘッドホンをつけて音楽を聴いているだろう。

おばあちゃんとお母さんはケンカをした。理由はよくわからない。少年が学校から帰ってくると、おばあちゃんは身の回りの荷物をまとめていた。夕方の新幹線に乗る。今日中には田舎まで帰れなくても、とにかく、ここを出て行く。お母さんは「勝手にすればええが」と田舎の言葉で言って、おばあちゃんを引き留めようとはしない。

おばあちゃんとお母さんは、実の親子なのにしょっちゅうケンカをする。おばあちゃんが田舎で一人暮らしをしていた頃は、夏休みやお正月に帰るたびにお母さんは優しい言葉をかけていて、おばあちゃんだっていつもにこにこ笑っていたのに、一緒に暮らしはじめると急に仲が悪くなった。「一つ屋根の下だと、やっぱりいろいろあるんだよなあ」——

なだめ役のお父さんも、最近はもうあきらめているような様子だった。

怒ると、おばあちゃんは家を出て行く。近所をひとまわりして帰ってくるときもあれば、駅までバスで出て、デパートで買い物をしてくることもある。でも、田舎に帰るとまで言い出したのは、これが初めてだった。

「ほな、トシちゃん、元気でなあ。お母ちゃんもアレなひとじゃけど、あんたはせいぜい仲良うしんさい」

捨てぜりふのような一言を残して家を出たおばあちゃんを、少年は追いかけた。「ノート買いたいから、駅まで一緒に行く」と言った。おばあちゃんは「来るな」とは言わなかったし、お母さんも「行くな」とは言わなかった。でも、どうして追いかけたくなったのか、一緒に駅まで行ってどうしたいのか、少年にもわからない。新幹線の乗り場に向かうおばあちゃんを引き留めるのか、あっさり見送るのか、どっちも「あり」だな、と思っている。

空はひときわ暗さを増した。さっきまで陽が透けていたところも分厚い雲に覆われてしまい、まだ四時前なのに街灯が点《つ》いた。

「バス……遅いね」

少年がぽつりと言うと、おばあちゃんは「乗ってしまえば屋根があるんじゃけん」と応《こた》えて、ため息をついた。

駅に着いたらどうするのか、おばあちゃんにもほんとうはわかっていないのかもしれない。少年はふと思い、思うだけで口には出さなかった。

二丁目の少年は、公園でノリオをにらみつけていた。ノリオもすごんだ顔で少年をにらみ返す。二人とも、殴りかかるタイミングをはかって、距離を詰めたり広げたりしながら左右にぐるぐると回る。

決闘が始まる。なにをやっても衝突つづきだったノリオと、サッカーでハンドをしたかどうかをめぐって揉《も》めに揉めて、ついに決着をつけることになったのだ。

二人を取り囲む友だちは、口々に「やめろよ、もういいじゃん」「ケンカしたら先生に怒られるって」と止めたが、ノリオに引き下がるつもりはなさそうだったし、そうなれば少年も「やーめた」とは言えない。ノリオは太っている。動きは鈍《にぶ》いが、力はある。取っ組み合いになったら、背の低い少年は不利だ。スピードを活《い》かしてパンチとキックの速攻——一発で泣かせてやる、と拳《こぶし》を固めた。

ゴロゴロ、と雷が鳴る。さっきよりも音が近くなった。ぴたりとやんでいた風が、また吹きはじめた——と思う間もなく、大粒の雨が落ちてきた。

雷が、また鳴った。空が破裂したような大きな音だった。「落ちたよ！　マジ、いまの落ちた！」と誰かが泣きそうな声で言った。雨は一気に本降りになって、雷がさらに鳴り響いた。真上だ。雷鳴は空だけでなく地面も震わせる。みんなは大あわてで自転車に駆け戻り、誰かの「解散！　今日はおしまい！　バイバイ！」の声を合図に、公園からひきあげてしまった。

でも、ノリオは動かない。雷にひるんだ様子も見せず、ずぶ濡れになった髪や顔を手で拭おうともせずに、少年と向き合ったままだった。少年も動けない。逃げるわけにはいかない。たとえ風邪をひいても、万が一雷が落ちて感電死してしまったとしても……いや、でも、それはやっぱりいやだよなあ、と思う。

雨はますます激しくなって、公園のまわりの家並みも見えなくなった。雷が鳴る。空が光って、耳をつんざくほどの音が響く。落ちた。ほんとうに、すぐ近くに。

「ノリ！」少年は思わず怒鳴った。「すぐやむから、一瞬だけ休憩！」

もしも断られたら、しかたない、感電死を覚悟して、そのかわり、こいつ、絶対にぶっころす——まばたきすら難しいほどの強い雨に打たれながら心に決めた。

すると、ノリオは「わかった！」と怒鳴り返し、少年の答えを待たずに駆けだした。少年もダッシュする。雨やどりのできそうな場所は、すべり台の下しかない。ノリオもそこを狙っている。少年はノリオを追い越して「おまえ、別のところ行けよ、バーカ！」と怒鳴った。「うっせえ、バーカ！」とノリオも譲らない。「バーカ！　くそデブ！」「死ね！どチビ！」「バーカ！」「バーカ！」……怒鳴り合いながら、結局二人は、同じすべり台の下に駆け込んでしまった。

ラッキー。三丁目の少年は、エレベータを降りると、こっそり微笑みを浮かべた。ビルのエントランスホールにエッコがいる。まいっちゃったなあ、という様子で外を見ている。外は雨だ。雷交じりのどしゃ降り——ビルの前を行き交う車は、まるで川の中を突っ切っているみたいに路面の水を撥《は》ね上げている。

少年とエッコは同級生だった。二人とも虫歯の治療でビルの中にある歯科クリニックに通っている。いつもはクリニックで出くわすことはなかったが、今日はたまたま入れ違いで予約をとっていた。クリニックのロビーでエッコとすれ違ったときも、ラッキー、と思った。「うっす」「そっちも虫歯?」「悪いかよ」「べつに」——ほんのそれだけの会話でも、今日はサイコーだと満足していた。

しかも、五分足らずの短い治療の間に雨が降りはじめた。会計で支払いを終えてエレベータに乗るとき、もしかしたら、と期待した。みごとに当たった。ラッキーが二倍。傘を持っていなかったエッコは、外に出られずに、一人で雨やどりをしていたのだ。

少年は折り畳み傘をバッグに入れている。「夕立が降るって天気予報で言ってたよ」と出がけにお母さんに傘を渡され、めんどうくさいなあ、と思いながらもバッグに放り込んだ。それが大正解だった。

エツコはまだ少年に気づいていない。少年もエレベータの前にたたずんだまま、作戦を考えた。

「一緒に帰ろうぜ」と傘に入れてやる――それはちょっと無理だ、いくらなんでも。だいいち、相合い傘なんてオトコらしくない。

オトコらしくするのなら、答えは一つしかなかった。

「貸してやるよ、これ」――傘をエツコに差し出して、そのまま自分は外に駆けだして、雨の中をダッシュして帰る。いい。すごくいい。お母さんには傘をなくしたと言えばいい。たとえ叱られても、言い訳なし。そういうところがオトコらしさなのだ。明日の朝、学校でエツコから「ありがとう」の一言とともに傘を返してもらえば、クラスのヤツらはびっくりするだろうし、なにがあったのか訊いてくるヤツもいるだろうし、「アツーい、アツーい」と冷やかすヤツもいるだろうし……そういうのをぜんぶひっくるめて、とにかく、すごくいい。

あとは、いつ、どんなふうにエツコに声をかけるか。そこが問題だ。顔が赤くなったらサイテーだし、声が震えてしまったら、もっとサイテーだ。とりあえず傘をバッグから出して、ぎゅっと握りしめて、落ち着け落ち着け、と自分に言い聞かせていたら、雷がまた鳴った。玄関のガラスがビリビリッと震えた。エツコは「きゃっ!」と短く叫んで、身を縮めながら外に背を向けた。

目が合った。泣きだしそうな顔をしたエツコは、学校で会うときよりも幼く見えた。

雨が降る。雷の音は少しずつ遠ざかっていたが、雨脚はあいかわらず強い。気象庁の梅雨明け宣言を追い抜いて、季節が変わる。街角に咲くアジサイの花を散らすこの雨は、夏の夕立だ。

一丁目の少年はクリームソーダをストローで飲みながら、色のついた窓ガラス越しに外の通りを見ていた。駅行きのバスが、いま、喫茶店の前を走り抜けていった。結局バスを二本やり過ごしたことになる。

顔を外に向けたまま、横目でおばあちゃんの様子をうかがった。おばあちゃんは、あんみつの豆を一つずつスプーンですくって食べている。バスに乗れずにふてくされているようにも見えるし、ただあんみつを食べるのに夢中になっているだけのようにも見える。

甘いものは、おばあちゃんもお母さんも大好きだ。でも、おばあちゃんは和菓子のあんこが好きで、お母さんはゼリーやババロアのような洋菓子が好き——二人のケンカは、あんがいそういうところに原因があるのかもしれない、と少年は思う。

二丁目の少年は、すべり台の下でムスッとしていた。ノリオも腕組みをして、そっぽを向いている。なんでこいつと一緒に雨やどりしなくちゃいけないんだ——少年はしかめつらで思い、どうせノリオも同じことを思っているんだろうなとも思って、鼻の頭に皺《しわ》を寄せた。

雨はさっきまでより弱まった。もう雷の音は聞こえない。あと少しで夕立はあがり、決闘を再開できる。でも、地面はびちょびちょで、転んだら泥まみれになってしまうだろう。吹き込んできた雨で、髪も服もびっしょり濡れている。早く家に帰って、服を着替えたい。

「よお……」そっぽを向いたまま、ノリオが言った。「さっきのハンドだけど、やっぱ、オレ、手に当たったかもしんない」

やっと認めた。だから言ったじゃんよ、てめえ嘘《うそ》つきなんだよ、セコいんだよ、サイテーだよ……決闘に勝ってノリオが謝ったら言ってやろうと思っていた。でも、なんだか急にそれもバカらしくなって、少年は「べつにいいよ」とムスッとしたまま言った。「もうみんな帰ったし」

「雨やんだら、どうする?」とノリオが訊く。

「どーするかなあ……腹、減ったし」

少年が答えると、ノリオは「オレも」と言って、「あと、服も濡れて気持ち悪いし」と付け加えた。なんだ、こいつも同じだったのかと思うと、自然に頬がゆるんだ。ノリオがへへッと笑う気配も伝わった。

「決闘、やめっか」と少年が言うと、ノリオは「だな」とうなずいた。空はもう、だいぶ明るくなってきた。

雨は降り出したときと同じように、小降りになってきたと思う間もなくあがった。

三丁目の少年は折り畳み傘をバッグにしまった。「いらなーい」——エッコに言われた言葉が、まだ耳の奥に残っている。傘を差し出すと、「お母さんが迎えに来てくれるから」の一言であっさり断られた。実際、エントランスの外から車のクラクションが聞こえたところだった。

「じゃあね、バイバイ」

エッコは軽く手を振って外に出て、それですべてが終わった。「一緒に乗って帰る？」と誘ってもくれなかった。傘を貸せなかったことよりも、そっちのほうが最初はショックだった。でも、こっちは傘を持っているのだから誘うわけがない。理屈の筋道を通して少しだけ立ち直り、誘われてもどうせ乗らなかったし、とつづけて、なっ、なっ、そうだよな、と自分に確かめた。あったりまえじゃん。力強く答えた——つもりだ。

しょんぼりとうつむいて、ロビーを抜けて、自動ドアのエントランスをくぐって外に出た。

ビルのひさしから雨だれが落ちていた。雲の切れ間から陽が射して、濡れた路面がきらきら光る。埃を洗い流された街並みは輪郭がくっきりとして、街路樹の緑も鮮やかになった。ビルとビルの隙間(すきま)の空を、鳥がよぎっていった。あの鳥も、どこかで雨やどりをしていたのかもしれない。

一丁目の少年は、喫茶店を出ると、東の空に虹を見つけた。きれいな色や形はしていなかったが、青や赤の帯が空に映し出されている。おばあちゃんも「これで今夜は涼しゅうなるわ」と笑って、バス停とは反対側に歩きだした。

「なあ、トシちゃん」

「……なに？」

「水ようかん、買うて帰ろうか」

どこに——とは、言わなかった。少年も訊かない。かわりに、「ぼく、買ってくる」と言った。和菓子屋さんは通りの先の交差点の、もっと先にある。

おばあちゃんは「ほんなら、交差点のところまで行って待っとるけん」と少年に財布を渡して、少し照れくさそうにつづけた。「夏みかんのゼリーも買うとこうか」

二丁目の少年は、すべり台の下でノリオに言った。

「くっついて走んなよ、泥が跳ねるから」

ノリオは「おまえが指図すんな、バーカ」と言い返す。

こいつ、やっぱりムカつく。決闘を延期したのを一瞬後悔したが、虹が出ているのを教えてくれたのはノリオだったので、まあいいや、特別に許してやる、とうなずいた。

「すぐ帰る？」

ノリオが訊いた。「ノリは？」と返すと、「オレ、『当たり屋』でクジひいて帰るけど」と言う。公園の近所にある『当たり屋』は、名前どおり、学区でいちばんクジが当たるという評判の駄菓子屋だ。

「『当たり屋』で雨やどりすればよかったな」

少年が言うと、ノリオもいまになって「あ、そっか、オレらマジ大バカ」と悔しそうに言った。「オレらって、一緒にすんなバーカ」「してねーよバーカ」「くそデブ」「たこチビ」「『当たり屋』付き合ってやろうか」「来るなら勝手に来ればいいじゃんよ」……決闘は延期だからな、中止じゃないんだからな、と少年は黙って、笑いながら付け加えた。

三丁目の少年も虹を見つけた。空ではなく、道路に。車のオイルが水たまりに虹色の膜をつくっていたのだ。

ズックで、そっと虹を踏んでみた。きれいな色の帯はゆらゆらと揺れて乱れても、色そのものは消えない。

よし、と少年は顔を上げた。夕立の名残《なごり》の、ひんやりと湿った風が頬をかすめた。

そして、少年たちは駆けだした。よーいどん、の号砲のかわりに、ずいぶん遠ざかってしまった雷が、ゴロン、と一度だけ鳴った。

もこちん

大きな水しぶきがあがった。プールサイドにいた数人がいっせいに笑うと、水の中から顔を出したヒロキはいたずらっぽい顔でVサインをつくった。

消毒槽にいたみんなも、「ヒロ、ほんとに落ちちゃったの？」「わざとだよ、わざと」「バカだよなあ」と口々に言いながらプールサイドに集まってきた。

教室で服を着替えるとき、約束していたのだ。最初にプールサイドに出たヤツが、足をすべらせたふりをして水に飛び込む——言いだしっぺはヒロキだったから、たぶんあいつ、最初から自分がやるつもりだったのだろう。

「センセイ、まだ来てない？」

ヒロキはプールサイドのみんなに訊《き》いた。「だいじょうぶ、セーフ」と誰かが答えると、ほっとしたように濡れた顔を両手で拭くのが、人垣の隙間《すきま》から見えた。

準備体操がすまないうちは水に入ってはいけないし、入るときも胸に水をかけて冷たさに体を慣らしたあとで、ゆっくり、足から。先生が来る前に勝手に飛び込むなんて、お調子者のヒロキでなければやれないことだ。

「ヒロ、水、冷たい？」

「ちょうどいい」

訊くほうも答えるほうも、声を張り上げる。そうしないとプール脇の木立から聞こえる蟬《せみ》しぐれに負けてしまう。真夏の太陽が照りつける暑い一日の、五時間目。一学期最後の水泳の授業には最高の天気だ。

授業の始まるチャイムが鳴っても、ヒロキはプールからあがらずにみんなとおしゃべりをつづけた。水の底につけた足をぴょんぴょんと浮かせ、それに合わせて、肩も水面から出たり入ったりするのが、プールサイドから離れた用具室の前に立つ少年にも見える。

なんでなんだろうな。少年は思う。ふつうに立っていればいいのに、水の中に入ると、みんな、リズムをとるように跳ねる。少年もそうだ。ふだんより体が軽くなって、気持ちも浮き立って、どうでもいいことをぺちゃくちゃしゃべったり、べつにおもしろくなくても笑ったり、とにかく黙ってじっとしていられない。

だから——少年は大きなガーゼをバンソウコウで留めた右膝《ひざ》に目を落とし、あーあ、とため息をついた。

朝から楽しみにしていた水泳の授業だったのに、昼休みにグラウンドで遊んでいて、膝をすりむいてしまった。「化膿《かのう》するといけないから、今日の水泳は見学しなさい」と保健室の先生に言われた。知らんぷりしてプールに入るつもりだったが、「五年二組だと松本先生よね。じゃあ、先生が見学届けを出しといてあげるから」と言われると、もうどうしようもなかった。

プールサイドがにぎやかになった。男子のあとに教室で水着に着替えた女子がやってきたのだ。男子とは違って、みんなバスタオルに体をくるみ、押しくらまんじゅうをするようにひとかたまりになっている。プールサイドの外側のフェンスにタオルを掛けたあとも、肩をすぼめ、両手を体の前にあてるようなあてないような、ぎごちない姿勢で小走りにシャワーへ向かう。

見学して、初めてそれに気づいた。いつもは女子のほうは見ない。プールの水面やグラウンドや空に目をやって、センセイ早く来ないかなあ、早く入りたいよなあ、と隣の友だちと声をかけ合ったり、スイミングキャップをかぶり直したりする——いまプールサイドにいる男子も、みんなそうしている。自分がそこにいるときには全然気にならなかったが、少し離れた場所から見ていると、いかにも不自然に女子を無視しているようで、オレもそんな感じだったのかな、と急に恥ずかしくなった。

シャワーを浴びる女子にちらちらと目をやった。みんなスイミングキャップをかぶり、同じ紺色の水着を着ているので、教室で見るときとずいぶん感じが違う。髪型や服装の区

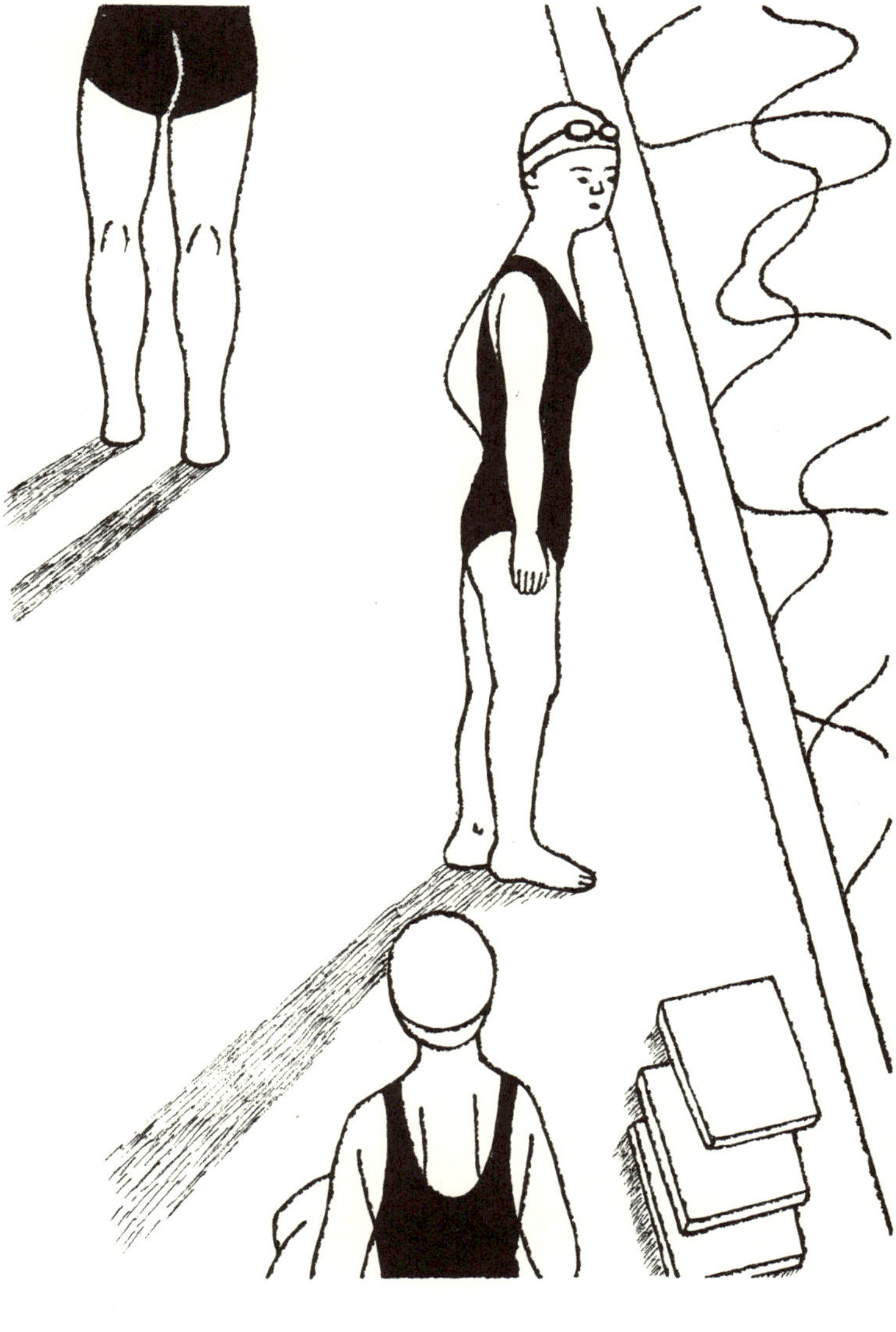

別がなくなっただけで、あんな子いたっけ、この子は誰だっけ、と顔まで見分けがつかなくなってしまう――去年まではそうだった。でも、今年は、女子が二つのグループに分かれている。ガキっぽい子とオトナっぽい子――四年生の頃と背丈が変わらないグループと、背が急に伸びたグループとが、はっきりとわかる。オトナっぽい子は脚が長い。ガキっぽい子は胸とおなかがひとつながりでふくらんでいるが、オトナっぽい子はおなかがすっきりとして、おしりやおっぱいが……。

胸がどきんとして、あわてて目をグラウンドのほうに向けた。あぶない。こんなときに女子の誰かと目が合ったらヘンタイだと思われる。

シャワーを終えた子は消毒槽に入る。腰まで水に浸《つ》かって、十秒。先生がいないときには「五」や「六」でそそくさと出てしまうのは、男子も女子も一緒だ。

一年生や二年生の頃には、プールの前に消毒槽に浸かる理由がよくわからなかった。三年生のとき、ああそうか、と気づいた。大腸菌を消毒する――ということは、つまり、おしりにウンチがついているかもしれないから。そのときには、きったねえなあ、と思うだけだった。でも、四年生の夏を迎えると、消毒槽に浸かる女子のことが急に気になってきた。女子のおしりにもウンチがついている？　女子もウンチをする？　そんなのあたりまえのことなのに、想像するはしから、うそ、うそ、うそ、と打ち消さずにはいられなかった。

五年生のいまは、もっと別のことが頭に浮かぶ。女子のおしりよりも、その前の、あそこが、気になってしかたない。目に見えない大腸菌の死骸がうようよしている消毒槽の水に、あそこが浸《ひた》る。あそこが穴だというのは、もう知っている。おしっこの穴とは違うんだということは、ついこのまえ知った。でも、その穴がふだんから開いているのか閉じているのかが、わからない。消毒槽のばっちい水があそこに入ったらどうなるんだろう……。

あぶない。だめ。もうだめ、考えるとだめ。

少年は体ごとグラウンドのほうに向けて、半ズボンのポケットに手をつっこんだ。ポケットの中でそっと指を伸ばして探ると、心配していたとおり、あそこが固く大きくなっていた。

もこちん状態――。

ちんちんが、もっこりふくらんでいるから、もこちん。上級生から下級生に――男子だけに代々受け継がれてきた言い方だ。そして、それは、五年生になって名付けられた少年のあだ名でもあった。

授業が始まった。松本先生の吹くホイッスルに従って準備運動をして、水に入り、頭から一度もぐったあとで、プールのへりを両手でつかんでバタ足の練習をする。勝手に手を離して一人でプールの真ん中に泳ぎだしたヒロキは、あんのじょう先生に叱られた。水にもぐったときにプールの底から拾い上げた消毒薬の錠剤をタクヤの顔になすりつけようとしたヤスノリは、もっと本気で先生に叱られた。

「バカだよね、ほんと、あの子」

女子の声がすぐそばで聞こえる。「ヤスノリってさあ、四年の頃からバカで有名だったもん」と応《こた》える声と、さらに応えて「ヒロキとヤスノリって五年二組の恥だよね」と笑う声――しゃべった順番に、小川典子と高野由美子と山本ひとみ。女子で水泳の授業を見学しているのは、その三人だった。男子は少年一人。三対一。用具室がつくる影の下は女子三人に占領されてしまい、少年は一人でぽつんと離れた場所に膝を抱えて座り、ぎらぎらと照りつける陽射しをまともに浴びていた。

女子の三人は、オトナっぽい子のグループだった。見学の理由は知らない。たとえ勇気をふりしぼって尋ねても、三人とも風邪としか答えないだろうし、ヘンタイを見るような目でにらまれてしまうかもしれない。

でも、女子には、体育の授業を休む特別な理由がある。男子にはありえない、女子だけの理由だ。少年は、もう、そのことを知っている。

初潮、生理、アンネ、排卵、卵巣、膣《ちつ》……五年生になって知った言葉はたくさんある。いままで「コミヤ」だと思っていた「子宮」を「シキュウ」と読むんだということも、六月に知ったばかりだった。

三人とも、今日は生理なんだろうか。高野さんは四月からときどき体育を休む日があったから、もう何度も生理が来ているのかもしれない。小川さんと山本さんが見学をするのは初めてだった。ということは、二人は初潮を迎えたのだろうか。

生理のときは、あそこから血が出るらしい。ヒロキが教えてくれた。高校生と中学生のお姉さんが二人もいるヒロキは、そういうことにはやたらとくわしい。血でパンツが汚れないように、ナプキンという脱脂綿のようなものをあそこに当てるのだという。

松本先生はホイッスルをメガホンに持ち替えて、「男子も女子もグループに分かれなさーい」と言った。二十五メートル以上泳げるA班は、六コースある水路の三つを使って、飛び込みの練習も兼ねたリレーを始める。記録が二十五メートル未満のB班は、第四コースを使い、飛び込みなしで向こう岸を目指して泳いでいく。そして、まだうまく泳げないC班は、第五コースと第六コースで、ビート板を使って息継《いきつ》ぎやバタ足の練習を始める。

少年は先週、B班からA班に昇級したばかりだった。男子のほとんどはA班で、B班は五人、C班には二人しかいない。女子は逆にC班に半分近く集まって、A班にいるのは、いちばん背の高い古川寛子だけだった。

C班で女子に囲まれてバタ足をする男子二人——オグちゃんとフジさんは、恥ずかしそうだった。太ったオグちゃんは、ぶよぶよした体を見られたくないのか、足が底についていても肩から下は決して水から出さない。度の強いメガネをはずしたフジさんは、ビート板を女子の背中にぶつけては、ごめんごめん、と目をしょぼつかせて謝っている。二人とも体育はぜんぶ苦手だ。四年生の頃はそれをべつに気にしている様子はなかったのに、いまは体育の授業以外でもなんだか影が薄く、引っ込み思案になっている。

なんでだろうな。いつも思う。なんか去年と違うんだよなあ、と不思議でしょうがない。

いままで知らなかった言葉をたくさん知った。生理よりもっとエッチな言葉も、ヒロキが毎日のように、無理やり教えてくれる。ブラジャー、陰毛、乳首、セックス……新しい言葉を知れば知るほど、女子が遠くなる。なんだか怖くなる。でも、つい、ちらちらと目がいってしまう。

古川さんがスタート台に立った。前の泳者が壁にタッチしたらすぐに飛び込めるよう、膝を曲げて、身をかがめ、水面をじっと見つめている。すらりと背が高くて、脚が長くて、おっぱいがちょっとふくらんで、こっちに突き出たおしりがまんまるで……。

だめ。あぶない。もこちん状態、なりかけ。少年はダッシュしてフェンスに跳び蹴りをした。右脚で蹴ったので膝の傷口がズキッと痛み、先生に「こら、伊東、見学してるんだったら座ってろ！」とメガホンで叱られた。

先生がプールに入ってC班のコーチを始めると、見学の女子三人はひそひそ声のおしゃべりを始めた。なにかを押しつけ合うように「やだぁ」「自分で訊きなよ」と笑いながら言う。ときどき少年のほうを見て、目が合いそうになると、きゃはは っ、とバカにしたような甲高い声で笑う。

少年はそっぽを向いた。オトナっぽい女子は、男子をからかうような態度ばかりとる。男子より背が高いから、いつも見下ろして笑う。ムッとしても、文句を言うと倍にして言い返されそうで、いや、それよりも笑われるのが嫌だから、結局知らん顔するしかない。

四年生の頃は、そんなことはなかった。男子と女子はケンカばかりしていたが、ひそひそ声のおしゃべりや、ひとをバカにしたような笑い方はしていなかった。みんなガキっぽくて、男子も女子も同じように廊下を走って、ほんとうは仲良しだったんだと思う。水泳の時間だってそうだ。着替えは別々でもシャワーや消毒槽は男女一緒に使って、プールの中で体がぶつかってもたいして気にせず、底についた足をぴょんぴょんと浮かせながら、どうでもいいことをおしゃべりしたり、つまらないことで口ゲンカしたり、ビート板を両脚で挟んで立ち泳ぎをして、わざとしくじったふりをして一回転して「鼻に水が入ったあ」と女子を笑わせたり……。

「ねーえ、伊東くーん」

小川さんがこっちに近づいて声をかけてきた。高野さんと山本さんも、小川さんのあとにつづく。

「あのさあ、伊東くんって、なんで『もこちん』ってあだ名になったの？」

やだぁ、と高野さんが笑う。マジ訊いちゃったのサイテー、と山本さんが笑う。

「だってさあ、伊東くん、四年生の頃って『もとっち』だったじゃん。なんで急に『もこちん』になったわけぇ？」

伊東基哉——「もとや」だから「もとっち」。それがビミョーに「もこちん」と似ているのがよくなかった。ヒロキが面白がって「もこちん」と呼びはじめ、みんなに広がって、最初は男子で集まっているときだけのあだ名だったのに、ヒロキのバカ、どんどん調子に乗って、最近では女子にも聞こえるように「もこちーん」「もこもこ、もこちーん」と大声で呼んでいる。

「ねえ、『もこちん』ってどういう意味なの？」

小川さんの声は、噴き出す寸前なのか、息苦しそうだった。ちょっとぉ、やめなよぉ、と高野さんが肘《ひじ》をひっぱって、かわいそうじゃん、と山本さんが小声で言う。

頬がカッと熱くなった。三人とも答えを知っているんだと気づいた。知っていて、わざとこっちに言わせて、恥ずかしい思いをさせて、あとで女子のオトナっぽいグループみんなで大笑いして……。

「ひょっとしてさあ、『もこちん』の『もこ』って、もこもこってなっちゃうってこと？

どこがもこもこになっちゃうの？　ウチらわかんなーい、教えてーっ」

無視しても笑われる。嘘をついても笑われる。正直に答えると、もっと笑われる。ふざけんな、と怒ると、もっともっと笑われる。

「知らねーよ」

なるべく低い声になるように、喉《のど》を絞って言った。半ズボンのポケットに両手を突っ込んで、波打ってキラキラ光るプールの水面をにらみつけた。

小川さんは一年生の頃からずっと同じクラスだった。五年生になるまでは小柄で、おとなしい子だった。一年生の頃は自分で自分のことを「のんちゃん」と呼んで、すぐにめそめそ泣いて……上級生にいじめられているのを助けてやったこと、もう忘れてしまっただろうか……。

「もっこ、ちーん」

三人は声をそろえて少年を呼んで、すぐに声をそろえて甲高く笑った。頬の熱さが耳にも伝わった。ああ、もう、こいつらぶっころす。悲しさより悔しさで泣きたくなった。でも泣けない。泣いたらおしまいだ。

少年はプールに向かって歩きだした。怒りながら歩いた。日なたのコンクリートを裸足で歩くと足の裏がちりちりと焦《こ》げたように痛い。水で濡れたところに来ると、自然と足取りもゆっくりになった。

五年生はサイテーだ。四年生の頃のほうがよかった。でも、「いまだけだよ」とヒロキは言っていた。「いまは女子のほうがデカいけど、中学になったら男子のほうがデカくなるから」――第二次セイチョウというらしい。オトコは毎日毎日もこちん状態になるらしい。その頃は女子とどんな感じでしゃべっているのだろう。恋人もできるのだろうか。たとえば、どんな子と……。

小川さんの顔が浮かんだ、その瞬間――大きな水しぶきがあがって、いつのまにかプールのへりまで来ていた少年は、頭からずぶ濡れになってしまった。

ヤバい、と思う気持ちが半分。でも残り半分は、胸のもやもやが洗い流されて、すっきりした気分でもあった。

もういいや、知らない、もういいや。

少年は歓声をあげて、濡れた服のままプールに飛び込んだ。水の冷たさ、まぶしさ、ゴボゴボという空気の音、ぜんぶ交じり合って、サイコー、サイコー、サイコー……。

両手で力いっぱい水を掻いて、勢いよく顔を上げた。C班の場所だったので、そばにいた女子が何人か、悲鳴をあげてあとずさった。

プールサイドで飛び込みの順番を待っていたヒロキが、びっくりした顔で笑っていた。

少年はつま先でぴょんぴょん跳ねながら、Vサインをつくって笑い返す。

「こらあ！　伊東！　おまえなにやってるんだ！」

先生が怒鳴った。でも、耳に水が入ったらしく、先生の声はツーンとした耳鳴りのずっと向こうから聞こえてくるだけだった。

南小、フォーエバー

ディーゼルの列車は駅に着くずっと手前からスピードをゆるめ、身震いしながらゆっくりと進んだ。車内にたちこめる油のにおいがひときわ濃くなって、天井で回る扇風機がそれをかきまぜる。

少年はシャツの胸ポケットを探った。だいじょうぶ。切符はちゃんと入っている。ついさっきも同じように確認した。「ボタンを留めてれば落ちないんだから」とお母さんには言われていたが、それでも、やっぱり、心配だった。お菓子の入ったリュックサックも、財布をなくしてはいけないと思って、結局ずっと背負ったまま、二時間近くも列車に揺られていた。

一人で列車に乗るのは生まれて初めてだった。S市を訪ねるのも、初めて。

友だちが、S市にいる。五年生に進級する前——三月に転校していった三上くんが、ここに住んでいる。駅のホームで待ち合わせることになっている。きっと三上くんも胸をどきどきさせて、わくわくさせて、列車が着くのをいまかいまかと待っているはずだ。

四カ月ぶりの再会になる。夏休みになったら遊びに行くから、絶対に行くから、と三上くんが転校する前に約束をした。夏休みの今日、早起きをして列車に乗った。夕方の列車で帰るまで、半日たっぷり遊べる。夏休み初日の今日、ラジオ体操の皆勤賞は初日でアウトになってしまったが、後悔はない。三上くんに会える。やっと会える。四年生の頃、二人はクラスでいちばんの仲良しだった。

列車は駅の構内に入った。少年はボックスシートからデッキに移った。ポイントを通過するたびに、列車は左右に大きく揺れる。両足を踏ん張って体を支え、またシャツの胸ポケットに手をあてて、あー、あー、あー、と声を出して喉《のど》の調子を整えた。ホームであいつに会ったら「ひさしぶり!」と大きな声で言ってやろうか。それとも、わざわざ遊びに来てやったんだし、ちょっと照れくさいし、あいつから話しかけてくるまで黙っていようか……。

ホームには、三上くんのお母さんがいた。

「トシくん、一人でよく来たね、えらいねー」とほめてもらった。頭もなでられた。「背が伸びたでしょ、おっきくなったよね。ケイジより高いと思うよ」とも言われた。「お母さんは元気?」「今朝は何時に起きたの?」「朝ごはん食べてきたの?」と、昔のように軽い調子でぽんぽん訊《き》いてくる。

だから——少年の最初の一言は、いちばんあたりまえの「こんにちは」になってしまった。

ホームを見回しても、三上くんの姿は見あたらない。

おばさんはちょっと申し訳なさそうな顔になって、「いま、ソフトボールの練習に行ってるのよ」と言った。

ラジオ体操のあと、そのまま公園に居残って、地区のソフトボールチームの練習をしているのだという。

「八月に大会があるのよ。だからみんな張り切っちゃって、朝ごはんもおにぎりにして持って行って、みんなで向こうで食べてるの」

練習はお昼前までつづく、という。

「今日は休みなさいっておばさんも言ったんだけどね、ほら、初日でしょ、今日。ウチの地区は六年生が少ないから、五年生でも上手《うま》い子はAチームに入れるの。ケイジってAチームかBチームかのぎりぎりなんだって。練習休んだらBに落ちちゃうから休めない、って……ごめんね、せっかく来てくれたのに」

おばさんは少年の頭をまたなでた。うつむいてしまった少年を気づかって、「でも、お昼からは遊べるし、お昼ごはんはごちそうつくるから、たくさん食べて」と笑った。

少年はうつむいたまま、「はい……」と言った。楽しみにしていたことが、また一つ、消えた。お昼ごはんは、三上くんと二人で、外のお店で食べるつもりだった。子どもだけでお店でごはんを食べたことはまだ一度もなかったから、三上くんと一緒のときにやってみたかった。食後にはコーヒーも頼んで、あいつをびっくりさせてやるつもりだったのだ。

「じゃあ、行こうか。車で来てるから、お昼まで町を案内してあげるね」

おばさんは少年が背負っていたリュックサックも、「いいからいいから、重いでしょ？　おばさんが持ってあげるわよ」と強引に取り上げてしまった。

おばさんに荷物を持ってもらって、手ぶらでホームを歩くなんて。おばさんの運転する車の助手席に乗って、S市の観光名所を案内されるなんて。

楽しみにしていた一日が、なんだか急につまらなくなってきた。ラジオ体操に行ってから、にすればよかった。

三上くんは、手紙を何通か少年に書き送っていた。

引っ越して間もない四月に届いた手紙には、〈今度の学校は、あまりおもしろくありません〉とあった。〈トシユキや南小の友だちのことを、しょっちゅう思いだします〉とも書いていた。手紙の締めくくりは〈南小四年一組、フォーエバー！〉だった。

五月の手紙には、S市のことが書いてあった。

〈デパートがたくさんあって、日曜日は買い物に行くのが楽しみです〉〈アーケードの商店街もあります〉〈市営球場ではプロ野球の試合もあるというので、いまから楽しみです〉〈今度、学校の社会科見学で新聞社の支局に行きます〉〈S市のほうが都会です〉

少年が住んでいるのは「町」だった。S市は、十万人以上の人口がある、県内でも大きいほうの「市」――県の職員だった三上くんのお父さんは出世してS市に転勤になったんだと、町役場に勤める少年のお父さんは少しうらやましそうに言っていた。

五月に届いた別の手紙には、新しい学校のことが書いてあった。

〈けっこうおもしろい友だちもいます〉〈こっちはクラスの数も多いので、運動会はすごくもり上がるそうです〉〈足の速い子がたくさんいるので、リレーの選手にはなれないかもしれません〉〈トシユキと同じ名前の（みょう字はちがいます）友だちがいて、トシユキのことを教えてあげると、「今度会ってみたい」と言っていました〉〈こっちは男子と女子がわりと仲がよくて、恋人になってる二人もいます〉〈前の学校より勉強の進み方が速いので、宿題をやるのが大変です〉

それを読んだとき、少年はちょっとムッとした。〈こっち〉や〈前の学校〉という言い方がおもしろくなかった。自分と同じトシユキという名前の奴のことを、どうせたいしたことないよ、と決めつけた。

手紙の返事に、〈約束どおり、夏休みになったら遊びに行きます〉と書いた。南小の友だちの様子を一人ずつこまかく教えてやって、最後に〈南小も五年生になったら急に勉強が難しくなりました〉と書いた。

六月の手紙は、葉書だった。〈遊びに来るのを楽しみにしています〉とあった。

手紙のやり取りは、そこまでだった。S市を訪ねる段取りは、夏休み前にお母さんとおばさんに決めてもらった。「自分で電話すればいいのに」とお母さんはあきれ顔になって言ったが、少年は「いいよ、お母さんが決めて」と電話番号のメモを渡しただけで、自分では受話器を取ろうとしなかった。

「もしも断られたら嫌だから？」とお母さんはいたずらっぽい口調で訊いた。

「違うよ」と少年はすぐさま首を横に振った。

「じゃあ、アレでしょ、三上くんとしゃべるのが恥ずかしいんでしょ」

「違うってば。いいから早く電話してよ」

三上くんの家に電話したお母さんは、おばさんと長話をして、「そうなんですよ、トシユキが、もう、とにかく三上くんに会いたい会いたいって言ってるんで……」と笑った。

頰を赤くした少年は、電話を終えたお母さんに「違うよ、そんなこと言ってないよ、嘘《うそ》つかないでよ」と抗議した。でも、お母さんにきょとんとした顔で「でも、会いたいから遊びに行くんでしょ？」と訊かれると、なにも答えられなかった。

三上くんの家は県の職員住宅だった。前に住んでいた家よりも広い。まだ三上くんは帰っていなかったので、おばさんが「ケイジには内緒よ」と勉強部屋を見せてくれた。

机や本棚は昔と同じだったが、机に出しっぱなしだった算数の教科書は、南小で使っているのとは違うものだった。壁に貼った時間割表も違う。月曜日の一時間目から算数なんてかわいそーっ、と笑った。南小では、月曜日の一時間目はどのクラスでも学級活動の時間だ。南小のほうがいい。ずっといい。

部屋に入ったときに、すぐに気づいたことがある。

三上くんが引っ越す前に、仲良しの友だちみんなと写真を撮った。すぐにプリントをして、みんなでお金を出し合って買った写真立てに入れて三上くんに渡した。

三上くんはそのプレゼントをすごく喜んでくれて、「部屋に飾っとくから」と言った。少年たちも「そうだよ、ずーっと一緒だから」「もし新しい学校でいじめられても、俺たちがついてるから」とうれしそうに言った。

でも、部屋のどこにも写真はない。何度見回しても、同じ。だから――写真なんて最初から探さなかったんだ、ということにした。

「トシくん、カルピスつくったわよお」

台所にいるおばさんに呼ばれて部屋を出る前、蛍光灯のスイッチの紐《ひも》の先に、軽く一発、右フックをぶつけた。

紐は思いのほか大きく揺れ動いて、ろくに狙いをつけずに放った二発目のパンチは、空振りになってしまった。


正午を回った頃、やっと三上くんが帰ってきた。居間でテレビを観ていた少年に、「おーっ、ひさしぶりぃ！」と笑顔で声をかける。息が荒い。顔が汗びっしょりになっている。自転車をとばして帰ってきた——早く会うために帰ってきてくれた、のだろうか。

一瞬ふわっとゆるんだ少年の頬は、三上くんと言葉を交わす間もなく、しぼんだ。

三上くんはおばさんに「お昼ごはん、なんでもいいから、早く食べれるものにして」と言ったのだ。「一時から五組と試合することになったから」

おばさんは台所から顔を出して、「ケイジ、なに言ってんの」と怒った。「トシくんと遊ぶんでしょ、今日は」

三上くんは、あっ、という顔になった。あわてて「わかってるって、そんなのわかってるって」と繰り返したが、あせった目があちこちに動いた。

けろっと忘れていたのだろう。ソフトボールの練習中に急に「試合しよう」という話になって、「じゃあ、俺も行く」と安請《やすう》け合いしてしまったのだろう、どうせ。

「ケイジ、あんたねえ、せっかくトシくんがわざわざ遊びに来てくれたのに、迎えもお母さんに行かせて、ずーっと待ってもらって……もうちょっと考えなさい」

しょんぼりと肩を落として「はーい……」と応《こた》える三上くんよりも、少年のほうがうつむく角度は深かった。おばさんが味方についてくれたのが、うれしくて、悔しくて、恥ずかしくて、悲しい。

「どうせジンくんたちでしょ？　さっさと電話して、行けなくなったって言っときなさい」

おばさんは三上くんをにらんで、「せっかくハンバーグつくってるんだからね」と、また台所に戻った。ジンくん――少年の知らない、三上くんの新しい友だちだろう。

三上くんは、まいっちゃったなあ、と顔をしかめ、少年に遠慮がちに声をかけた。

「トシもソフトやらない？　一緒に行こうよ、学校まですぐだし、グローブも貸してやるから」

なっ、なっ、と両手で拝まれた。

少年は黙ってうなずいた。おばさんと三人でごはんを食べるのも気詰まりだったし、三上くんのほんとうの安請け合いは、ソフトボールの試合のことではなく、手紙に〈遊びに来るのを楽しみにしています〉と書いたことなのかもしれない、と思ったから。

「俺らの学校にトシがいて、五年二組だったら、絶対にレギュラーだよ」

三上くんは「ほんとだぜ、ほんと」と念を押して、にっこり笑った。四カ月ぶりに見る笑顔は、そんなに変わらない。でも、三上くんの「俺らの学校」は、もう、南小ではない。


知らない友だちに囲まれている三上くんは、とても楽しそうだった。「こいつ、トシユキっていって、俺の前の学校の友だち」――少年を紹介すると、友だちは、同じ名前の子を思いだしたのだろう、みんなで顔を見合わせて笑った。この学校でのトシユキは、どうやらクラスでみそっかす扱いされているようだ。

でも、トシユキがどんな子なのか、誰も教えてくれない。みんなは少年を放っておいて、少年の知らない話ばかりして、笑ったり小突き合ったりしている。

「あ、それで……」

三上くんは少年を振り向き、気まずそうに言った。

「いま、俺ら九人いるから……トシ、ピンチヒッターでいい？　途中で、絶対に出番つくってやるから」

泣きたくなった。来るんじゃなかった、と思った。

「……やっぱり、帰るから」

少年は言った。校門前のバス停から駅行きのバスが出ているのは、さっき確かめておいた。

「ええーっ？　なんで？」と驚く三上くんに「バイバイ」と言って、最後にがんばって笑って、ダッシュで校門に向かった。

三上くんは追いかけてこなかった。

次のバスは五分後だった。ベンチに座って、ぼんやりと足元を見つめていると、グラウンドのほうから歓声が聞こえてきて、また目に涙がにじみそうになった。

予定よりもずっと早い列車で帰ることになる。まだ明るいうちに家に帰り着けるだろう。急いで出かければ、南小のグラウンドで遊んでいる友だちにも会えるかもしれない。早く帰りたい。みんなと遊びたい。もう「三上、元気かなあ……」なんて言わない。これからは、ずっと。

そろそろだな、と膝《ひざ》に載せていたリュックサックを背負って立ち上がったら、「トシ！」と校門から三上くんが駆けてきた。

「悪い悪い、ごめんなあ……ほんと、ごめん、守備のときは抜けられないから」

一回表の五組の攻撃が終わると、全力疾走してきたのだという。少しでも時間がとれるよう、ふだんは三番の打順も九番に下げてもらった。

「トシのこと忘れてたわけじゃないんだけど、やっぱり、こっちもこっちでいろいろあるから」

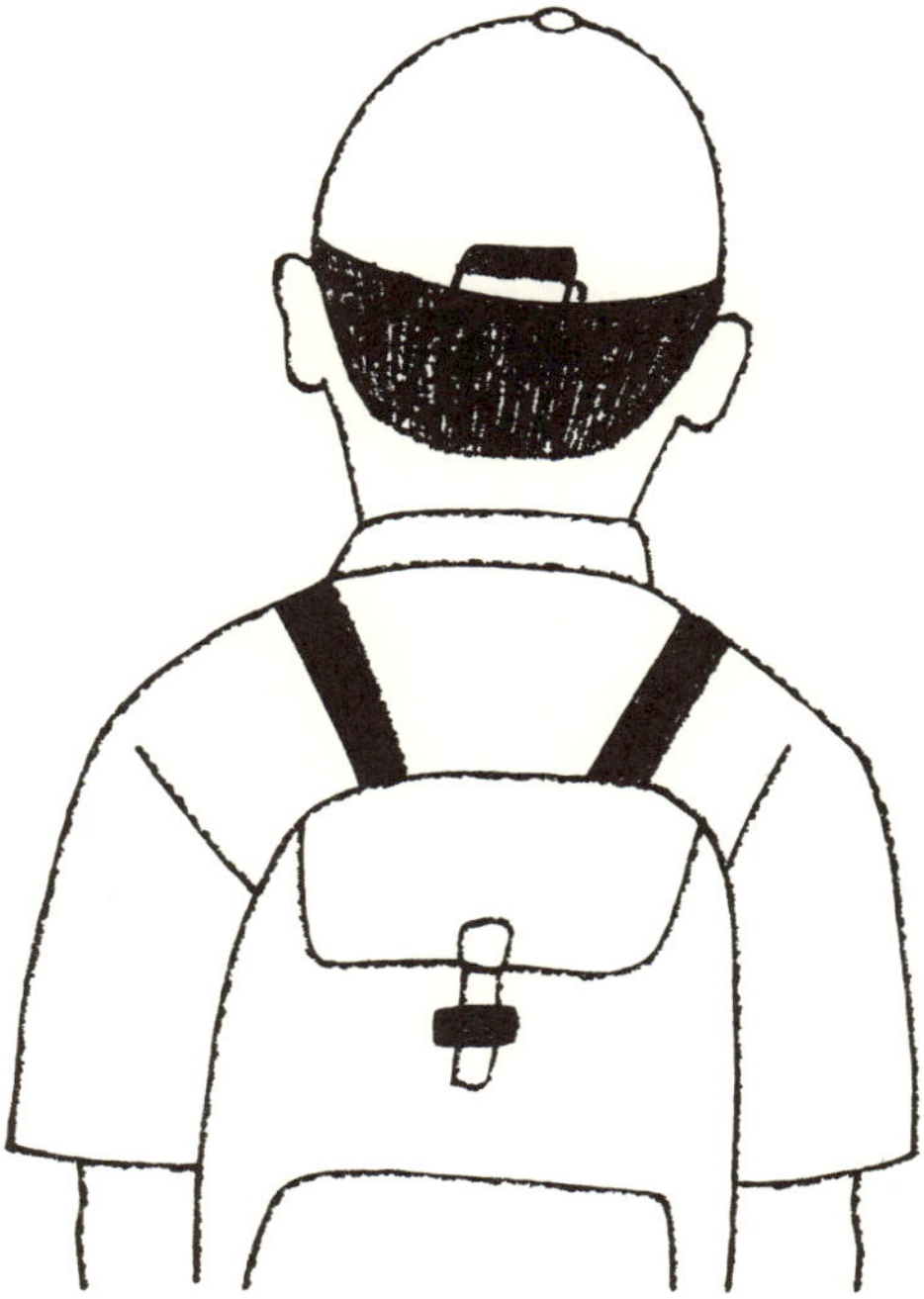

「……わかってるから、いいって」

「バスが来るまで一緒にいるから」

「いいよ、そんなの悪いから」

「でも……せっかく来てくれたんだし」

三上くんはグローブを二つ持ってきていた。ボールもあった。「ちょっとだけでも、キャッチボールしよう」と笑って、自分が使っていたグローブを少年に差し出した。

少年が黙って受け取ると、三上くんは照れくさそうに笑った。少年も目を伏せて笑い返す。

小走りに距離をとった三上くんが、山なりのボールを放った。それを軽くキャッチしたときに、気づいた。

〈南小4年1組フォーエバー！〉

グローブの甲に、サインペンで書いてあった。転校したての頃に書いたのだろう、黒い文字は薄れかかっていた。

へへっ、と少年は笑う。うれしいのか悲しいのかよくわからなかったが、自然と笑みが浮かんだ。

「なに？」とけげんそうに訊く三上くんにはなにも答えず、ボールを投げ返した。

三上くんが「バス、来たぞ」と言った。振り向くと、道路の先のほうにバスの車体が小さく見えた。

「ラスト一球」——さっきより少し強いボールを、少年は右手をグローブに添えて捕った。

〈南小4年1組フォーエバー！〉の文字の上を右手の親指でなぞると、うっすらと積もっていた砂埃が拭《ぬぐ》い取られて、少しだけ、文字が鮮《あざ》やかになった。

プラネタリウム

自己紹介は失敗した。順番が回ってくるまで心の中で何度も練習をして、そのときにはすらすらと挨拶できていたのに、本番では全然だめだった。名前を呼ばれて立ち上がると急に胸がどきどきして、顔が熱くなって、息も詰まってしまって、学校と自分の苗字《みょうじ》しか言えなかった。

大失敗、大恥、カッコ悪い、もうだめ、ばか、と自分を責めているうちに、走って帰りたくなった。会議室を何度見回しても、見知った顔はない。つつじヶ丘小学校から参加したのは、やはり、少年一人きりだった。

知らない子ばかりの会議室は、学校の教室とは全然違う雰囲気だった。三十人ほどいる子どもたちはみんなまじめそうで、頭がよさそうにも意地悪そうにも見えて、やっぱりやめればよかった、とあらためて悔やんだ。

夏休みに市の教育センターが開いた『子ども天文教室』の五年生クラス——一緒に申し

込んだ同級生のツネちゃんが、まさか朝寝坊するとは思わなかった。待ち合わせのバス停から電話をすると、「悪い、俺もう休むから。じゃあねえ」とあっさり言われた。もともと「どうせ一日だけだし、行ってみない？」と誘ってきたのは、ツネちゃんだった。記念品の特製ステッカー目当ての、いいかげんなヤツ。でも、それは少年も同じだった。理科は苦手科目だし、宇宙や星に興味はないし、初めて会う子と仲良くなれる自信など、まるでなかった。

最初にステッカーをもらえたらそのまま黙って帰っちゃおうか、とも思っていたが、会議室に入ったときに渡されたのはホチキスで留めたテキストとボール紙でつくった星座盤だけだった。

名簿に出席の○をつけたとき、もう逃げられないな、と覚悟を決めた。予防接種の順番が近づいて、廊下から保健室に足を踏み入れたときの気分に似ている。せっかくの夏休みなのに自分から勉強するなんて、ほんと、ばかだよなあ、ばかだよなあ、ばかだよなあ……。うじうじと悔やみながら、ふと気づくと、両手の指の爪がぜんぶギザギザになってしまっていた。緊張すると爪を嚙《か》む。お母さんからしょっちゅう叱られても直らない、悪い癖《くせ》だ。

自己紹介が終わると、担当の先生がホワイトボードの前に立って、五人一組でグループに分かれるように言った。

会議室はにわかに騒がしくなった。

少年も席を立ったものの、どこのグループに入ればいいかわからない。「入らない？」と誘ってくれるグループもない。みんなは同じ学校から来た子同士でくっついて、二人組や三人組の子も「一緒にやる？」「こっち来る？」なんて気軽に声をかけあって……ツネちゃんさえいれば、そんなふうにできたのに。一人と二人は全然違う。一人しかいないと、「どうする？」と相談する相手もいない。

みんながグループにまとまって席についたあとも、少年はどこにも入れないまま、とほうに暮れてその場にたたずんでいた。世界中から嫌われて仲間はずれになったような気がする。恥ずかしい。ひとりぼっちになっていることよりも、ひとりぼっちになっているのをみんなに見られているというのが、たまらなく恥ずかしかった。

先生と目を合わせたくなくて、わざと軽く、どうしようかなあっ、と鼻歌交じりに迷っているみたいなしぐさで、会議室を見回した。

仲間はずれが、もう一人いた。顔を真っ赤にした女の子が、少年よりももっととほうに暮れた様子で立っている。

一瞬ほっとした思いは、すぐにしぼんだ。女子じゃだめだよ、と誰かに文句を言いたくなった。学校でも女子とはめったに話さない。たまにしゃべるときにはいつも乱暴な大声になってしまうし、女子が三人以上集まっていると、正直言って、ちょっと怖い。

でも、先生は二人を見比べて、たいして迷う様子もなく言った。

「だったら、そこの二人でグループになろうか。どうせ人数もハンパなんだし、二人一組でも全然問題ないから」

ある、ある、ある、ある、ある……。

学校でそんなふうになったら、すぐさま「うげーっ、死ぬーっ」と大げさに身をよじって、みんなを——男子だけでも、笑わせるところだった。一人でも友だちがいれば、それができたのに。「ひょうひょうっ、あっつーい！」と冷やかしてくれるだけでもいい。そうすれば「ばーか、てめえ、ぶっころす！」と言い返して、先生には叱られても、気分は楽になるはずなのに。

会議室は静かなままだった。

「はい、じゃあ、きみ、そっちに移って」

先生は少年に声をかけ、女の子のそばに移動するよう手振りで伝えた。名前で呼んでもらえない。女の子も「そっち」としか呼ばれない。さっきの自己紹介はなんのためだったんだろう……。

女の子は、おとなしそうな雰囲気だった。隣の席に少年が座ると、どうも、というふうに頭を小さく下げた。少年も黙って、あ、どうも、とおじぎして、うつむいたまま椅子を入れて、机に向かった。自己紹介のときのことはなにも覚えていない。名前ぐらい訊《き》いておきたかったが、話しかけるきっかけがつかめず、向こうも黙ったままだった。

隣り合って座ると、離れて立っていたときよりも背丈の違いがはっきりとわかる。

少年はクラスの男子の中でも背が低いほうだった。女子はみんな、四年生の終わり頃からどんどん体が大きくなって、気がついたら少年より小柄な子はほとんどいなくなっていた。

この子も――そう。六年生じゃないかと思うほど背が高い。長い髪がおとなのひとみたいで、Tシャツにキュロットスカートという服装はクラスの子と変わらないのに、なにかが違う。全然、違う。よくわからない。うまく説明できない。ただ、とにかく、すごく恥ずかしくて、すごく照れくさいのに、クラスの女子の隣に座らされたときよりも、ちょっとだけ胸がわくわくした。

先生は星座盤の使い方を説明した。

初めて使う星座盤は、「こんなので宇宙のことがわかるの?」と訊きたくなるほど簡単な仕組みだった。

まず、割ピンで留めた二重の盤の、上のほうを回して、月日と時刻を決める。それから経度を調整する。「このあたりは東経一四〇度ぐらいですから、一四〇の目盛りに合わせてください」——上の盤にあいた楕円形の穴から、星座がいくつも覗《のぞ》く。それが、この街から見上げる星空ということになる。

「試しに、今日の星空を見てみましょう。八月五日の午後八時……やってみて」

日付と時刻を合わせて、経度を調整した。

星空が見えた。北の空に、こぐま座とカシオペア座がある。こぐま座のてっぺんに光っているのが北極星だ。

「実際には、街の明かりがあったり空気が汚れていたりして、星座盤にある星をぜんぶ見ることはできません。でも、ほんとうは、今夜の夜八時の空には、これだけたくさんの星が光っているんです。すごいでしょう?」

ふうん、と少年は盤を指で押さえたままうなずいた。

すごいのかどうか、よくわからない。夜に外出することはめったにないし、そのときはたいがいお父さんの車に乗って出かけるので、夜空を見上げる機会はない。それに理科は苦手だし、星や宇宙に興味はないし……。

先生が言う日付と時刻に合わせて星座盤を回すのを、何度か繰り返した。

「はい、だいぶ動かし方にも慣れたと思いますので、今度はグループの中で順番に日付と時刻を指定して、星空を探してください」

静かだった会議室は、またにぎやかになった。

少年は、ちらりと隣を見た。女の子も少年に遠慮がちに目をやって、「どっちから言う？」と訊いてきた。想像していたより細くて、高くて、優しそうな声だった。

「……そっちからでいいよ」

少年の声は緊張でうわずってしまった。

女の子は「あ、そう」と軽く応《こた》え、すぐに、まるで最初から決めていたように日付と時刻を口にした。

「十二月十九日の夜七時」

胸が、どきん、とした。

「なんで？」――思わず訊くと、女の子は逆にきょとんとした顔で少年を見て、それからクスッと笑った。

「誕生日。ちょうど七時ぐらいだったって、お母さんが言ってたから」

胸がさらに、どきん、どきん、とつづけて高鳴った。

「あの……俺も……そうなの」

「なにが？」

「十二月十九日……って、俺も誕生日」

「ほんと？」

「ほんとほんとほんと、嘘《うそ》じゃないって」

生まれた時刻はわからない。両親に聞いたことも、あるような、ないような。夜だった——と、思う。夜の七時頃だった——ことにした。

「すごーい。偶然だね」

女の子はうれしそうに言った。

少年も「うん、びっくりした、俺も」と笑った。

二人そろって、それぞれの星座盤を回した。夏の夜空とはまったく違う空があらわれた。夏には南北に延びていた天の川が、冬には東西に横たわっている。こぐま座も、くるっと逆立ちをしたように、北極星が一番南になった。夏には見えなかったうお座が空の真ん中にある。アンドロメダ座やカシオペア座も、だいぶ南に下がっていた。

「……うわっ」

さっきはなにも感じなかったのに、いまは、宇宙や星のことを素直にすごいと思った。女の子も、星座盤をじっと見つめて、「わたしたちの誕生日って、こういう空だったんだね」と言った。

「わたしたち」が、いい。同じ日に同じ街で生まれて、ずっと出会うことなく同じ日にちを生きてきた「わたしたち」がいま巡り会えた、というのが、すごく、いい。

胸の高鳴りが、微妙に変わった。最初はただ驚いていていただけだったが、いまは違う。女の子の名前を訊きたかった。自分の名前も知ってほしかった。胸の高鳴りが大きすぎる。息が苦しい。やっとの思いで声を絞り出した。

「……学校、どこ？」

「港小。そっちは？」

「俺……つつじヶ丘」

「つつじヶ丘って、どこだっけ。駅のこっち側？」

「ううん、逆、駅の西口から山のほうに行ったところ」

「あ、じゃあ、市民会館の近く？」

「ちょっと遠いけど、図書館なら近所」

「図書館とか行ったりするの？」

「たまに。本は借りないけど、外で遊んでる」

「どんな遊びが流行《はや》ってるの？」

「ロクムシとか……でも、女子はよくわかんないけど」

そんなこと、どうでもいいのに。

女の子は、それ以上学校のことは訊いてこなかった。「じゃあ、今度はそっちが決めて。日にちとか時間とか」と言って、誕生日に合わせた星座盤を動かして星空の形を変えてしまった。

少年はがっかりして、頭をはたらかせる余裕もなく、とっさに浮かんだ日付と時刻を口にした。

一月一日午前〇時――。

「やだぁ、テキトー」と女の子はおかしそうに笑って、人差し指で盤を回した。

星座盤の操作をしばらく練習したあと、宇宙のはじまりや星の生まれる仕組みを解説したビデオを観て、みんなでプラネタリウムに移動した。

プラネタリウムの席は決められていなかったが、みんな自然とさっきのグループごとに集まって座った。

少年も――先に座った女の子の隣の席に、どきどきしながら腰かけた。もしも嫌がられたり別の席に移られたりしたらどうしよう、死んじゃうかもしれない、死んだほうがいい、もう死んじゃおう、と本気で心配していたが、女の子は平気な顔をして、投影の始まる前のドーム型の天井を見つめたまま、言った。

「わたし……プラネタリウムが一番楽しみだったの。だから一人でも申し込んだの」

少年は、小さな声で、聞こえなくても――聞こえないほうがいいとも思って、「俺も」と言った。

ブザーが鳴って、天井が暗くなった。首を動かさなくても天井を眺められるように、椅子がゆっくりと後ろに傾いていく。女の子は「もうすぐ始まるね」とささやいた。少年も「うん……」と小さく応えた。会議室で隣り合っていたときよりも距離が近い。肘《ひじ》掛けに載せた腕が、女の子の腕と触れそうだった。

音楽とともに、星空が天井いっぱいに広がった。

「今年の旧暦による七夕《たなばた》は、八月十一日です。皆さんもご存じのように、織姫《おりひめ》と彦星《ひこぼし》が年に一度だけ天の川を渡って出会える、という日です。織姫はこと座のベガ、彦星はわし座のアルタイルという名前の星で……」

ナレーションに従って、ベガとアルタイルがひときわ明るく瞬き、はくちょう座のデネブを合わせて、『夏の大三角形』が描き出された。

少年は女の子の様子をそっとうかがった。顔を向けることはできない。声もかけられない。気配だけを感じ取る。

来年の夏休みにも『子ども天文教室』は開かれる。六年生のクラスは、バスで天文台まで出かけて、一泊二日で天体望遠鏡を使った星空観察をするという。

来年も参加したら、また会えるだろうか。いまのうちに「来年も行く？」と訊いて、「俺は行くけど」と伝えて、約束とまではいかなくても、とにかく来年の話をして……そうすれば、ほんとうに、また会えるだろうか……。

片思いの子はいる。同じクラスのタナベさん。比べたらタナベさんのほうがずっとかわ

いいし、口喧嘩ばかりしていても、けっこう気が合うところもあるし、だいいちタナベさんとは毎日同じ教室で会えるのに。

浮気って、こういうこと？

俺って、オンナたらしの、ヘンタイ？

急に恥ずかしくなった。頰や耳たぶが熱くなった。

まいったな、まいっちゃったな、と椅子に座ったまま腰をもぞもぞさせていたら、肘が、女の子の肘に触れた。思わずびくっとして、肘掛けから腕を下ろして、肩をきつくすぼめた。

女の子は体を動かさなかった。星空に夢中になっているのが気配でわかった。そっと横顔を盗み見ると、天井の星明かりを映し込んだ女の子の目は、涙を浮かべたようにきらきら光っていた。


投影が終わって椅子の角度が元に戻り、天井の明かりが点《つ》くと、女の子は「じゃあね」と少年に一声かけて、さっさと席を立ち、外に出て行った。

お別れの名残惜しさは、少年の胸にだけ、あった。

プラネタリウムのロビーでは、先生が修了証と記念品の特製ステッカーを配っていた。

女の子は一人でそれを受け取って、一人で帰っていく。追いかけたかったが、ステッカーをもらう行列は、もうだいぶ長くなっていた。天体望遠鏡の形をしたステッカーは——やっぱり、ほしい。

行列の後ろに並んだ。女の子はロビーから建物の外に出るところだった。

呼び止めて、駆け寄って、足を止めて振り向いた女の子に……想像だけは先へ進んでいくのに、声が出ない。

女の子の後ろ姿が、消えた。

少年の胸の高鳴りも、すうっとおさまった。

泣きたいような、あはは っと笑ってしまいたいような、胸やおなかが、ふわふわしたクッションにそっくり置き換わってしまった気がする。

行列はあと十人ほど。修了証の名前と本人を確認するのに手間取って、なかなか先に進まない。

少年は手に持った星座盤を、そっと指で回した。

十二月十九日、午後七時——。

ベガとアルタイルは、天の川を挟んで、西の地平線の少し上に浮かんでいた。

ケンタのたそがれ

高校野球が朝八時半からだったので、朝食はテレビのある居間で食べることにした。おにぎりと卵焼きとウィンナー炒《いた》め——母のメモには〈おみそしるは温め直して食べなさい〉とあったが、めんどうくさいし、今日は朝から暑いので、冷たいままお椀《わん》に注いだ。

朝寝坊をしたわけではない。六時に起きて児童公園へ行き、ラジオ体操をした。カードにスタンプも捺《お》してもらった。夏休みのちょうど折り返し点まで来て、いまのところ皆勤賞をつづけている。ごほうびは鉛筆二本しかもらえなくても、後半も休まずに通うつもりだった。どうせ、夏休み中はどこにも出かける予定はないから。

児童公園からの帰りが遅くなった。自転車で寄り道をしたせいだ。適当にぶらぶら近所を回っているうちに、七時半を回ってしまった。家に帰り着いたのは八時前。母は、もう勤めに出ていた。

居間には線香のにおいがこもっていた。細い煙がうっすらとたなびいている。仏壇の線香を消し忘れて、母は出かけてしまったのだ。

父が病気で亡くなって、もうすぐ半年になる。いつも家にいた母が仕事を始めたのは四月から。線香のにおいにも、留守番つづきの生活にも、だいぶ慣れた。

「ケンタ、お母さんのことを頼むぞ」——父はマンガやドラマのような台詞《せりふ》を言ったわけではなかった。でも、わかっている。一人息子だ。母と二人きりの家族になってしまったのだ。がんばる。絶対にがんばる。がんばらなくちゃいけないんだと、ほんとうに、思う。

朝食はすぐに終わった。話し相手がいない食事はあっという間にすんでしまう。昼食の弁当も、きっと朝食と同じオカズだろう。台所のテーブルにはメモと一緒に千円札が一枚置いてあった。仕事が忙しいので夕食はコンビニの弁当ですませて、というサインだった。これで三日連続だ。

朝刊をテレビ欄とスポーツ欄だけ読んでから、食器を洗って片づけて、時計を見ると、八時十五分だった。時間がちっとも進まない。学校で決められた宿題タイムは、午前十時まで。十時を過ぎないと遊びにも行けない。

夏休みの宿題には、まだほとんど手をつけていない。やらなければいけないのは、わかっている。特に工作。去年までは「今年だけだからな、特別サービスなんだからな」と手伝ってくれていた父は、今年はいない。

部屋の片付けもしなくてはいけない。ゆうべも「ゴミ捨て場みたいじゃない！」と叱られた。一日おきのお風呂掃除当番も、ここのところずっとサボっている。夏休みに入ったばかりの頃は「洗濯はぼくがするからね」と言って母を喜ばせていたのに、洗濯機を回すのも洗濯物を干すのも、結局ぜんぶ母任せだった。

ほんとうは、ないしょで庭の草むしりもしようと思っていた。きれいになった庭を見たら、口癖のように「庭の手入れしなくちゃ」と言っている母はびっくりして大喜びするはずなのに、庭は雑草が伸び放題のままで、夕方になるとヤブ蚊が部屋にどんどん入ってくる。

がんばりたい。お母さんを助けて、お母さんを喜ばせてあげたい。それは、絶対にほんとうの気持ちだった。

でも、いざなにかをしようとすると、急に億劫《おっくう》になってしまう。体も、心も、だるい。宿題タイムが終わるのを待ちかねて、児童公園に向かった。サドルからお尻を浮かせて自転車をとばしていると、しだいに胸がどきどきしてくる。「わくわく」とは微妙に違う、自然とうつむいてしまう「どきどき」だった。

公園では、下級生が数組のグループに分かれて遊んでいた。少年に気づいた一人が「ケンタくん、こんちはッス」とおじぎした。別のグループの子も「どーもッス」と挨拶した。でも、誰も近づいてはこない。あわてて目配せをしあうグループや、遊びをやめてみ

んなで集まり、ひそひそと相談を始めるグループもある。

少年は自転車にまたがったまま、公園を眺め渡した。

胸のどきどきが、すうっと消える。

今日も誰もいない。下級生はたくさんいるのに、五年二組の同級生の姿はどこにもない。カズアキもマサヤもショウタもダイスケもノリちゃんも……仲良しの友だちはみんな、駅前にある進学塾の夏期講習に通っている。

最初からわかっていた。夏休みに入ってからずっとそうだ。みんなで集まって遊んだ日はまだ一日もないし、夏休みの後半もたぶん無理だろう。夏期講習が休みの日にも、家族で旅行をしたり海水浴に行ったりで、みんな忙しい。わかっているのに、今日もまた、どきどきした。それが悔しくて、蹴飛ばすように自転車のスタンドを立てた。

「よお、ちょっとそれ貸せよ」

サッカーをして遊んでいた下級生に声をかけた。三年生のグループだ。公園に入ってきた少年を見て、そろって目をそらしたグループでもある。

「すぐ返すから、ほら、貸せって」

いやだ——とは、言わせない。

グループの一人が力なく蹴ったサッカーボールが、足元に転がってきた。「手で持ってこいよ、バーカ」と少年が言うと、みんな、ひゃっと肩をすくめる。「怒ってねえよ、バーカ」と笑って言っても、誰も笑い返さない。目も合わさない。かわりに、声をかけられなかったグループはほっとしたように、また遊びを再開した。

少年はボールを軽くトラップして、小走りでドリブルを始めた。進む方向にいる下級生は、あわてて道を空《あ》ける。そのあわてっぷりがおもしろくて、みんなの中を突っ切るようにドリブルをつづける。

ボールを蹴る。追いかける。また蹴る。また追いかける。息をはずませてドリブルをつづけていれば、体と心のだるさを忘れられる。でも、頭がからっぽになるほどではない。だからずっと、友だちのことを考えてしまう。

夏期講習に行くと最初に言い出したのはダイスケとノリちゃんだった。二人は私立中学を受験する。志望校は市内でいちばんレベルの高い山手学館だった。ダイスケによると、山手学館を目指すなら五年生の夏休みから受験勉強を始めるのがぎりぎりで、まじめなヤツらは四年生のうちから塾に通っているらしい。マサヤとショウタも、お父さんやお母さんと相談して、山手学館は無理でもどこか私立を受験することに決め、夏期講習に通うことになった。すると、勉強が人並み以下しかできないカズアキまで「じゃ、オレもやろうっと」と調子に乗って申し込んだのだ。

ドリブルをつづける。Tシャツの背中は汗でびっしょり濡れてきた。下級生の邪魔をするのにも飽きて、公園のフェンスに沿って走る。これでもう何周目だろう。パスをする相手がいないドリブルなんて、ちっともおもしろくない。急に腹が立ってきて、ボールを公園の真ん中に蹴り込んだ。せっかく返してやったのに、さっきのグループはジャングルジムを使った鬼ごっこに夢中だった。

自転車を適当に乗り回し、コンビニでしばらく涼んでから、家に帰った。時刻はようやく正午になったところだった。昼食の弁当は、予想していたとおり、朝食のオカズにピーマンの炒め物を足しただけだった。

テレビの高校野球は、二試合目の終盤に入っていた。ワンサイドゲームで、全然盛り上がらない。弁当を食べ終えると居間の畳に寝転がって、座布団を抱きかかえてごろごろと寝返りを打ちながらつぶやいた。

「学校、早く始まんねえかなあ……」

小学校に入学して五回目の夏休み――九月が待ち遠しく感じられたのは、今年が初めてだ。

目をつぶる。寝ちゃおう、と決めた。時間をつぶすには昼寝がいちばん簡単だし、とにかく、だるい。

まぶたのつくった薄闇に、ダイスケたちの姿が浮かんだ。夏休みに勉強とかよくやるよ、中学は義務教育なのになんで受験しなくちゃいけないわけよ、信じらんねえ、ワケわかんねえ……。一学期が終わる頃、そんなふうに言ったことがある。ダイスケとノリちゃんは笑うだけだったが、カズアキはムキになって「バーカ、ケンタ、知らねえのかよ、公立とか行ったら人生マジ終わっちゃうって、カネかかっても私立行ったほうが得なんだよ」と言い返した。ほんとうにそうなのだろうか。よくわからない。もともと勉強は嫌いだし、将来のことなんて考えたこともない。ただ、ウチはもう私立中学には行けないだろうな、ということだけは、考えなくてもわかっていた。

「今年はまだいいんだよ」ダイスケは言っていた。「来年の夏休みなんか、地獄の合宿もあるんだから」

来年の夏休みも、一緒に遊べない。いや、その前に、五人とも二学期から塾に通うので、ふつうの日もあまり遊べなくなってしまうだろう。友だち、解散——違うじゃん、五人はくっついてるから、オレだけ脱落じゃん、と座布団に顔を押しつけて言った。

つけっぱなしのテレビから、試合終了のサイレンが聞こえた。庭のほうでセミも鳴きだした。

昼寝はあきらめた。午後一時。弁当箱洗わなきゃ、宿題しなきゃ、部屋の片付けしなきゃ、庭の草むしりをしたらお母さん喜ぶよな百パーセント泣いちゃうよな……と思いながら、のろのろと立ち上がる。千円札を半パンのポケットに入れて、家を出た。

一人でさんざん自転車を乗り回したすえに、学校のグラウンドを覗《のぞ》いてみた。フツーに仲良しの連中がいれば遊ぼう。あまり仲の良くないヤツでも、今日は特別に遊んでやってもいい。そう決めていたのに、五年生は誰もいなかった。ソフトボールをしている六年生に頼んで、入れてもらおうか。一瞬思ったが、どうせ外野しか守らせてもらえないし、攻撃のときも「DH制だから」と打席には立たせてもらえないので、やめておいた。

結局、行き場は児童公園しかなかった。

「アイスおごってやるから、ついてこい」

公園にいた下級生から三人選んで、声をかけた。四年生が一人に三年生が二人。一人百円で、自分のも入れて四百円——夕食を六百円以内の弁当にすればだいじょうぶ。昨日もおとといもそうした。

文句は言わせない。「買い食いしたら先生に怒られるから……」と断った四年生も、「いいからこいよ」とにらむと泣きだしそうな顔になってうなずいた。

自転車を漕《こ》ぎながら、何度も後ろを振り向いて、三人がついてきているかどうか確かめた。自分なりに気はつかっている。いままでおごったことのある下級生は誘わなかったし、コンビニに入ってからも、「おまえのクラスの担任、誰だよ」「野球、どこのチームが好きなんだよ」「三年生で流行ってるゲームとか、どんなのだよ」「おまえら、ムカつくヤツがいたらオレに言えよ、ぶっとばしてやっから」……途切れる間もなく三人に話しかけた。

コンビニの前の駐車場で、アイスを食べた。アスファルトの照り返しが、まぶしくて、熱い。夏期講習の教室は冷房が効いているだろう。でも、授業中にアイスなんて食べられないだろう。

ゆっくりと時間をかけて食べたかったが、アイスはどんどん溶けていく。三人も黙々と、早食い競争みたいに休む間もなくアイスをかじる。

「よお、いまから、なにする？」

返事はなかった。「なんでもいいよ、遊んでやるよ」と言っても同じ。「オレんち、ゲームけっこうあるけど」と言ってみても、三人は黙ったままだった。児童公園に早く帰りたがっている。それくらい少年にもわかる。

「アイス、もう一個おごってやる」

「……いいです、もう」

四年生が言った。三年生の二人も、そうです、もういいです、と黙ってうなずいた。

「食えよ。オレも食いたいし」

「でも……」

「いいんだよ、おごってやるんだから文句言うなよ」

先に立ってコンビニに入った。

下級生はあとを追わず、目配せしあって自転車に飛び乗った。「すみません、用事あるんで帰ります！」と四年生が言って、三年生の二人も頭をぺこぺこ下げながらペダルを踏み込んで、ダッシュで通りに出てしまった。

少年は呆然《ぼうぜん》として三人を見送った。いままでの連中と違って、遠慮深いヤツらだ。それとも、よっぽどいやだったのだろうか。本気でおごるつもりだったのに。昨日もおとといもそうしたのに。夕食はおにぎり二個――それでもいいと思っていたのに。

アイスのコーナーから雑誌コーナーに移って、午前中に読んだマンガをまた立ち読みした。宿題やらなきゃ、部屋の片付けしなきゃ、草むしりしなきゃ、と心の中で繰り返しながら、マンガのコマの外にあるミニ情報を一つずつ読んでいった。

やっと陽《ひ》が暮れた。下級生におごるつもりだった三百円でバスに乗って駅まで往復したおかげで、時間をつぶすことができた。帰りのバスでダイスケたちと一緒になるかもしれないと思い、それが楽しみなのか、ほんとうは会いたくないのか、よくわからないままバスの窓から夕暮れの町をじっと見つめた。

ダイスケとノリちゃんは勉強ができるから、山手学館に受かるだろう。山手学館は大学まであるから、もう同じ学校になることはないだろう。マサヤとショウタも意外とコンジョーあるから、どこかの私立に受かりそうな気がする。カズアキはわからない。一人ぐらいダメなヤツがいてほしいような気もするが、でもやっぱり、おまえもがんばれよ、と言ってやろうか。

二学期からおまえら忙しくなると思うし、中学も別々になると思うけど、たまにはオレとサッカーしようぜ。そう言ったら、あいつら、うなずいてくれるだろうか……。


家の近所のコンビニを出ると、空はだいぶ暗くなっていた。おなかも空いてきた。三百円でおにぎり三つ——ゆうべよりごちそうじゃーん、とコンビニの小さな袋を振り回して、さあ帰ろう、と通りに出た。

おとなの男のひとが、通りの先を歩いていた。

その背中を見たとき、息が詰まりそうになった。

思わず駆けだして、思わず声をあげた。

「お父さん！」

聞こえなかったのか、男のひとは振り向かずに歩きつづける。でも、後ろ姿も、歩き方も、体型や髪型も、そっくり——だった。

お父さんはもう死んだ。もういない。いるはずがない。あたりまえの理屈が一瞬にして吹き飛んだ。

「お父さん！　お父さん！　お父さーん！」

叫びながら駆けだした。全力疾走になった。足が軽い。体が軽い。まるで空を飛んでいるんじゃないかと思うほど、ぐんとスピードに乗った。

男のひとがびっくりした顔で振り向いた。

違った。

父よりも年上のおじさんで、ヘンな顔のひとで、よく見ると体型も髪型も全然似ていなかった。

でも、ひと違いなんて、カッコ悪い。いまさら立ち止まって、ごめんなさい間違えました、なんて言えない。

「お父さん！　お父さん！　お父さん！　お父さん！」

少年はまっすぐ前を見て、遠くに向かって声をかけながら、走るスピードをゆるめずにおじさんを追い越した。

「お父さーん！　お父さーん！　お父さーん！」

前を歩くひとは誰もいないのに、叫びつづけた。すれ違うひとにアブない子どもだと思われても、どこかの家の窓からおばさんが不思議そうに覗いていても、叫びながら走りつづけた。最初は恥ずかしさをごまかすためだったが、途中からは変わった。ひさしぶりに呼んだ「お父さん」が、口にも耳にも気持ちよかった。

家まであと少し。薄紫色の空に星が見えた。その星が、ゆらゆらと揺れた。今夜は部屋の片付けをしよう。今夜ならできそうな気がする。庭の草むしりをする時間はなくても、ひさしぶりにお風呂を掃除して、ぴっかぴかのお風呂にお母さんを「どうぞーっ」と入れてあげよう。お母さんはびっくりする。喜んでくれる。絶対に。

がんばれよお、ケンタ。

どこかから声が聞こえた。おとなの男のひとの声だった。走りながら振り向いても、誰もいない。さっきのおじさんは途中の角で曲がったのか、もう姿も見えない。

なーんだ、と笑って、また前を向いて走る。ラストスパートでスピードを一気に上げる。揺れていた星が、流れ星になって、すうっと頰を落ちていった。

バスに乗って

生まれて初めて、一人でバスに乗った。

家族でデパートに買い物に行くときに、いつも使う路線だ。ものごころついた頃から、月に一度は乗っていた。五年生になってからは親と一緒にいるところを友だちに見られるのが嫌だったので、バス停でも車内でも、わざと両親と離れて——一人で乗っていた。だから、だいじょうぶだ、と思っていた。だいじょうぶじゃないと困るんだ、とも自分に言い聞かせていた。もう五年生の二学期なんだから。同級生の中には、バスどころか電車にも一人で乗って進学塾に通っているヤツもたくさんいるんだから。

でも、いままでの「一人」と今日の「一人」は違っていた。『本町一丁目』のバス停に立っているときから緊張で胸がどきどきして、おしっこをがまんしすぎたあとのように、下腹が落ち着かない。

やっとバスが来た。後ろのドアから乗り込んで、前のドアから降りる。手順はすっかり覚え込んでいるはずだったのに、整理券を取り忘れそうになった。

『本町一丁目』の整理券番号は7。運転席の後ろにある運賃表で確かめると、整理券番号19の『大学病院前』までは、子ども料金で百二十円だった。家族で買い物に行くときは、いつも17番の『銀天街入り口』で降りる。子ども料金は百円。四年生までは、バスに乗り込むとすぐに整理券を母に渡し、母が少年のぶんもまとめて運賃箱に小銭を入れていた。五年生になってからは、バスに乗る前に百円玉を一つ渡されていた。「落としても、お母さん、知らないからね」といたずらっぽく笑う母の顔を思いだした。二人掛けのシートの肩の部分にある取っ手を、強く握り直した。

バスはスピードを上げたかと思うと、すぐにバス停に停まる。そのたびに少年は停留所の名前を確かめて、『大学病院前』まであといくつ、と頭の中で数字を書き換える。降車ボタンを押しそびれてはいけない。整理券をなくしてはいけない。運賃箱の前でもたもたしてはいけない。財布から取り出すときにお金を落としてはいけない。いまのうちに出しておこうか。百円玉一つに、十円玉二つ——コインが一つから三つに増えただけで、握り込んだ手のひらに力をグッと込めないとお金が落ちそうな気がする。

バスは中洲《なかす》のある川に架《か》かった橋を渡って、市街地に入る。西にかたむいた太陽が街ぜんたいを薄いオレンジ色に染めている。

次は大学病院前、大学病院前、と車内アナウンスが聞こえた。お降りの方はお手近のボタンを押して……とつづく前に、ボタンを押した。急いで通路を前に進み、バスがまだ走っているうちに運賃箱のそばまで来た。

「停まってから歩かないと」

運転手に強い声で言われた。「転んだらケガするし、他のひとにも迷惑だろ」――まだ若い運転手は、制帽を目深《まぶか》にかぶって前をじっと見つめたまま、少年のほうには目も向けなかった。


数日後、父からバスの回数券をもらった。「十回分で十一回乗れるから、こっちのほうが得なんだ」――十一枚綴《つづ》りが、二冊。

「だいじょうぶだよ」父はコンビニエンスストアの弁当をレンジに入れながら、少年に笑いかけた。「これを全部使うことはないから」

「ほんと?」

「ああ……まあ、たぶん、だけど」

足し算と割り算をして、カレンダーを思い浮かべた。再来週のうちに使いきる計算になる。

「ほんとに、ほんと?」

低学年の子みたいにしつこく念を押した。父は怒らず、かえって少し申し訳なさそうに

「だから、たぶん、だけどな」と言った。

電子レンジが、チン、と音をたてた。

「よーし、ごはんだ、ごはん。食べるぞっ」

父は最近おしゃべりになった。なにをするにもいちいち声をかけてくるし、ひとりごとや鼻歌も増えた。

お父さんも寂しいんだ、と少年は思う。


回数券の一冊目を使いきる頃には、バスにもだいぶ慣れてきた。

「毎日行かなくてもいいんだぞ」

父に言われた。「宿題もあるし、友だちとも全然遊んでないだろ？　忙しいときや友だちと遊ぶ約束したときには、無理して行かなくてもいいんだからな」――それは病室で少年を迎える母からの伝言でもあった。

母は自分の病気より、少年のことのほうをずっと心配していた。自転車でお見舞いに行きたくても、交通事故が怖いからだめだと言われた。バスで通っていても、病室をひきあげるときには必ず「降りたあと、すぐに道路を渡っちゃだめよ」と釘を刺されるのだ。

「だいじょうぶだよ、べつに無理してないし」

少年が笑って応《こた》えると、父は少し困ったように「まだ先は長いぞ」とつづけた。「昼に先生から聞いたんだけど……お母さん、もうちょっとかかりそうだって」

「……もうちょっと、って？」

「もうちょっとは、もうちょっとだよ」

「来月ぐらい？」

「それは……もうちょっと、かな」

「だから、いつ？」

父は少年から目をそらし、「医者じゃないんだから、わからないよ」と言った。


二冊目の回数券が終わった。使いはじめるとあっけない。一往復で二枚ずつ——一週間足らずで終わってしまう。

まだ母が退院できそうな様子はない。

「回数券はバスの中でも買えるんだろ。お金渡すから、自分で買うか？」

「……一冊でいい？」

ほんとうは訊《き》きたくない質問だった。父も答えづらそうに少し間をおいて、「面倒だから二冊ぐらい買っとくか」と妙におどけた口調で言った。

「定期券にしなくていい？」

「なんだ、おまえ、そんなのも知ってるのか」

「そっちのほうが回数券より安いんでしょ？」

定期券は一カ月、三カ月、六カ月の三種類ある。父がどれを選ぶのか、知りたくて、知りたくなくて、「定期って長いほうが得なんだよね」と言った。

「ほんと、よく知ってるんだなあ」父はまたおどけて笑い、「まあ、五年生なんだもんな」とうなずいた。

「……何カ月のにする？」

「お金のことはアレだけど……回数券、買っとけ」

父はそう答えたあと、「やっぱり三冊ぐらい買っとくか」と付け加えた。


次の日、バスに乗り込んだ少年は前のほうの席を選び、運転席をそっと覗《のぞ》き込んだ。あのひとだ、とわかると、胸がすぼまった。

初めてバスに一人で乗った日に叱られた運転手だった。その後も何度か、同じ運転手のバスに乗った。まだ二冊目の回数券を使いはじめたばかりの頃、整理券を指に巻きつけて丸めたまま運賃箱に入れたら、「数字が見えないとだめだよ」と言われた。叱る口調ではなかったが、それ以来、あのひとのバスに乗るのが怖くなった。たとえなにも言われなくても、運賃箱に回数券と整理券を入れてバスを降りるとき、いつもムスッとしているように見える。

嫌だなあ、運が悪いなあ、と思ったが、回数券を買わないわけにはいかない。『大学病院前』でバスを降りるとき、「回数券、ください」と声をかけた。

運転手は「早めに言ってくれないと」と顔をしかめ、足元に置いたカバンから回数券を出した。制服の胸の名札が見えた。「河野」と書いてあった。

「子ども用のでいいの？」

「……はい」

「いくらのやつ？」

「……百二十円の」

河野さんは「だから、そういうのも先に言わないと、後ろつっかえてるだろ」とぶっきらぼうに言って、一冊差し出した。「千二百円と、今日のぶん、運賃箱に入れて」

「あの……すみません、三冊……すみません……」

「三冊も？」

「はい……すみません……」

大きくため息をついた河野さんは、「ちょっと、後ろのお客さん先にするから」と少年に脇にどくよう顎《あご》を振った。

少年は頰を赤くして、他の客が全員降りるのを待った。お父さん、お母さん、お父さん、お母さん、と心の中で両親を交互に呼んだ。助けて、助けて、助けて……と訴えた。

客が降りたあと、河野さんはまたカバンを探り、追加の二冊を少年に差し出した。代金を運賃箱に入れると、「かよってるの？」と、さっきよりさらにぶっきらぼうに訊かれた。「病院、かようんだったら、定期のほうが安いぞ」

わかっている、そんなの、言われなくたって。

「……お見舞い、だから」

かぼそい声で応え、そのまま、逃げるようにステップを下りて外に出た。全然とんちんかんな答え方をしていたことに気づいたのは、バスが走り去ってから、だった。


夕暮れが早くなった。病院に行く途中で橋から眺める街は、炎が燃えたつような色から、もっと暗い赤に変わった。帰りは夜になる。最初の頃は帰りのバスを降りるときに広がっていた星空が、いまはバスの中から眺められる。病院の前で帰りのバスを待つとき、いまはまだかろうじて西の空に夕陽が残っているが、あとしばらくすれば、それも見えなくなってしまうだろう。

買い足した回数券の三冊目が——もうすぐ終わる。

少年は父に「迎えに来て」とねだるようになった。車で通勤している父に、会社帰りに病院に寄ってもらって一緒に帰れば、回数券を使わずにすむ。

「今日は残業で遅くなるんだけどな」と父が言っても、「いい、待ってるから」とねばった。母から看護師さんに頼んでもらって、面会時間の過ぎたあとも病室で父を待つ日もあった。

それでも、行きのバスで回数券は一枚ずつ減っていく。最後から二枚目の回数券を――今日、使った。あとは表紙を兼ねた十一枚目の券だけだ。

明日からお小遣いでバスに乗ることにした。毎月のお小遣いは千円だから、あとしばらくはだいじょうぶだろう。

ところが、迎えに来てくれるはずの父から、病院のナースステーションに電話が入った。

「今日はどうしても抜けられない仕事が入っちゃったから、一人でバスで帰って、って」

看護師さんから伝言を聞くと、泣きだしそうになってしまった。今日は財布を持って来ていない。回数券を使わなければ、家に帰れない。

母の前では涙をこらえた。病院前のバス停のベンチに座っているときも、必死に唇を嚙んで我慢した。でも、バスに乗り込み、最初は混み合っていた車内が少しずつ空いてくると、急に悲しみが胸に込み上げてきた。シートに座る。窓から見えるきれいな真ん丸の月が、じわじわとにじみ、揺れはじめた。座ったまうずくまるような格好で泣いた。バスの重いエンジンの音に紛らせて、うめき声を漏《も》らしながら泣きじゃくった。

『本町一丁目』が近づいてきた。顔を上げると、車内には他の客は誰もいなかった。降車ボタンを押して、手の甲で涙をぬぐいながら席を立ち、ウインドブレーカーのポケットから回数券の最後の一枚を取り出した。

バスが停まる。運賃箱の前まで来ると、運転手が河野さんだと気づいた。それでまた、悲しみがつのった。こんなひとに最後の回数券を渡したくない。

整理券を運賃箱に先に入れ、回数券をつづけて入れようとしたとき、とうとう泣き声が出てしまった。

「どうした?」と河野さんが訊いた。「なんで泣いてるの?」——ぶっきらぼうではない言い方をされたのは初めてだったから、逆に涙が止まらなくなってしまった。

「財布、落としちゃったのか?」

泣きながらかぶりを振って、回数券を見せた。

じゃあ早く入れなさい——とは、言われなかった。

河野さんは「どうした?」ともう一度訊いた。

その声にすうっと手を引かれるように、少年は嗚咽《おえつ》交じりに、回数券を使いたくないんだと伝えた。母のこともしゃべった。新しい回数券を買うと、そのぶん、母の退院の日が遠ざかってしまう。ごめんなさい、ごめんなさい、と手の甲で目元を覆《おお》った。警察に捕まってもいいから、この回数券、ぼくにください、と言った。

河野さんはなにも言わなかった。かわりに、小銭が運賃箱に落ちる音が聞こえた。目元から手の甲をはずすと、整理券と一緒に百二十円、箱に入っていた。もう前に向き直っていた河野さんは、少年を振り向かずに、「早く降りて」と言った。「次のバス停でお客さんが待ってるんだから、早く」——声はまた、ぶっきらぼうになっていた。

次の日から、少年はお小遣いでバスに乗った。お金がなくなるか「回数券まだあるのか？」と父に訊かれるまでは知らん顔しているつもりだったが、その心配は要《い》らなかった。

三日目に病室に入ると、母はベッドに起き上がって、父と笑いながらしゃべっていた。会社を抜けてきたという父は、少年を振り向いてうれしそうに言った。

「お母さん、あさって退院だぞ」

退院の日、母は看護師さんから花束をもらった。車で少年と一緒に迎えに来た父も、「どうせ家に帰るのに」と母に笑われながら、大きな花束をプレゼントした。

帰り道、「ぼく、バスで帰っていい？」と訊くと、両親はきょとんとした顔になったが、「病院からバスに乗るのもこれで最後だもんなあ」「よくがんばったよね、寂しかったでしょ？　ありがとう」と笑って許してくれた。

「帰り、ひょっとしたら、ちょっと遅くなるかもしれないけど、いい？　いいでしょ？

ね、いいでしょ？」

両手で拝んで頼むと、母は「晩ごはんまでには帰ってきなさいよ」とうなずき、父は「そうだぞ、今夜はお寿司とるからな、パーティーだぞ」と笑った。


バス停に立って、河野さんの運転するバスが来るのを待った。バスが停まると、降り口のドアに駆け寄って、その場でジャンプしながら運転席の様子を確かめる。

何便もやり過ごして、陽《ひ》が暮れてきて、やっぱりだめかなあ、とあきらめかけた頃――やっと河野さんのバスが来た。間違いない。運転席にいるのは確かに河野さんだ。

車内は混み合っていたので、走っているときに河野さんに近づくことはできなかった。それでもいい。通路を歩くのはバスが停まってから。整理券は丸めてはいけない。

次は本町一丁目、本町一丁目……とアナウンスが聞こえると、降車ボタンを押した。ゆっくりと、人差し指をピンと伸ばして。

バスが停まる。通路を進む。河野さんはいつものように不機嫌な様子で運賃箱を横目で見ていた。

目は合わない。それがちょっと残念で、でも河野さんはいつもこうなんだもんな、と思い直して、整理券と回数券の最後の一枚を入れた。

降りるときには早くしなければいけない。順番を待っているひともいるし、次のバス停で待っているひともいる。

　だから、少年はなにも言わない。回数券に書いた「ありがとうございました」にあとで気づいてくれるかな、気づいてくれるといいな、と思いながら、ステップを下りた。

　バスが走り去ったあと、空を見上げた。西のほうに陽が残っていた。どこかから聞こえる「ごはんできたよお」のお母さんの声に応えるように、少年は歩きだす。

　何歩か進んで振り向くと、車内灯の明かりがついたバスが通りの先に小さく見えた。やがてバスは交差点をゆっくりと曲がって、消えた。

ライギョ

国道のバイパスを自転車で走っていたら、ため池のほとりにタカギくんを見つけた。いつものように岸を固めたコンクリートブロックに座って、釣りをしていた。

少年の前を走っていたトモノリの自転車が、急ブレーキで停まった。あわててブレーキをかけた少年を振り向いて、「よし、タカギ遊びで決まりな」とトモノリは笑う。

土曜日の午後、退屈しのぎにタカギくんを探して自転車を乗り回していた。近所には見つからなかった。そういうときは、たいがいタカギくんは学区のはずれのため池で釣りをしているのだ。

タカギくんが背にしている雑木林にこっそり回ろう、とトモノリが決めた。

「後ろから石を投げてみようぜ」

「ぶつけるの？」

「違う違う、ケガしたらヤバいだろ。池に投げればいいんだよ、でかい石、ぼっちゃーん、って」

そうすれば、魚が驚いて逃げる。タカギくんもびっくりして、あわてふためいて逃げ出すかもしれないし、はずみで池に落っこちてしまうかもしれない。「勝手に池に落ちるのは、俺ら関係ないもんな」とトモノリは笑いながら言った。たとえ池に落ちなくても、今日はもう一尾も魚は釣れないだろう。空っぽのバケツを提《さ》げてしょんぼりとひきあげるタカギくんの姿が目に浮かぶ。

なにを釣っているんだろう。いつも思う。

農業用の小さなため池だ。毎年冬になると水を抜くので、「主《ぬし》」のような魚が棲《す》むことはできない。魚のつかみ取りができる十二月の水抜きの日には、毎年、釣り好きのお父さんに連れられて出かける。去年は二十センチほどのフナが一番の大物で、おとどしはウナギだった。水が退《ひ》いたあとに底の泥を掘ると、冬眠中のアメリカザリガニがいくらでも捕れた。今年も、あと一カ月で水抜きになる。カメがいるといいなあ、と楽しみにしている。でも、この池にわざわざ釣りをするほど——それも、タカギくんのようにリール付きの竿《さお》を使うほどの獲物がいるとは、とても思えない。

二人は枯れ草を踏み分けて雑木林に入っていった。タカギくんは緑色に濁った池の水面をじっと見つめて、二人に気づいた様子はない。

にぶいのだ、タカギくんは。勘もにぶいし、体の動きもにぶい。たぶん、心の反応もにぶいのだろう。だから、中学一年生のくせに小学五年生におもちゃにされてしまう。ちっとも怒らないから、タカギ遊びは終わらない。

トモノリは「俺、これにしよう」と足元の石を拾い上げた。ソフトボールぐらいの大きな石だった。少年は「じゃあ、俺……これ」とピンポン玉よりも小さな、できるだけ軽そうな石を拾った。

「だいじょうぶ？　タカギくん怒ったりしない？」

「平気だって。ぜーったい怒んないから、あいつは。兄ちゃんなんてパンツ脱がしたこともあるって言ってたし」

タカギくんは、トモノリの兄貴の同級生だった。クラスの男子全員で、毎日タカギ遊びをしている。

「ほんと、だいじょうぶなんだよ。俺ら、特別だから。兄ちゃんにタカギ遊びの特別許可もらってるんだから。あいつが文句つけてきたら、兄ちゃんに言ってやるよ」

「……うん」

タカギ遊び――いじめだ、とわかっている。それがよくないことだというのも、もちろん。でも、トモノリに誘われたら断れない。機嫌が悪いときのトモノリに「おまえ、『タカギ2号』にしてやろうか？」と言われると、胸がどきどきして、泣きだしそうになってしまう。

「よし、じゃあ……俺からな」

トモノリは木の陰から石を放った。タカギくんの頭上を越えた石は、大きな水しぶきを上げて池に落ちた。タカギくんは、うわわっと驚いて、竿を落としそうになった。

次は、少年の番だった。トモノリはすでに雑木林の奥に逃げ込んでいる。早く投げて、速く逃げなきゃ——あせったぶん、コントロールが利かなかった。石はタカギくんに吸い寄せられるような軌跡を描いて、ちょうど立ち上がって振り向いたタカギくんの顔に当たりそうになった。

タカギくんはとっさに身をかわした。そのかわり体のバランスをくずし、コンクリートブロックから足を滑《すべ》らせて、池に落ちてしまった。

ジーンズの膝《ひざ》まで水に浸《つ》かったタカギくんは、まだなにが起こったのかわかっていないのだろう、とほうに暮れた顔で、不思議そうに、雑木林を眺めるだけだった。


「落ちた落ちた、勝手に落ちたんだから、俺、知ーらない」

トモノリは笑いながら自転車を漕《こ》ぐ。「まあ、もしタカギが親に言いつけても、俺が投げた石は関係ないもんな」と少年を振り向いた。

トモノリはどうせ無罪になる、らしい。でも、少年は殺人未遂——「だって、もし石が当たってたら死んでるし、溺れてても死んでるんだもんな。感謝しろよ、黙っててやるんだから」。

駄菓子屋に誘われたが、とっさに理由をつけて別れた。トモノリがムッとしているのはわかっていても、今日はお金がない。先週も駄菓子屋で「借金、借金」とせびられて、お菓子の代金をぜんぶ支払わされた。『タカギ2号』になる日は、ほんとうに――いや、すでになりかかっているのかもしれない。

少年はがむしゃらに自転車を漕いだ。来た道を引き返す格好になって、ため池のそばをまた通りかかった。

てっきり家に帰っているだろうと思っていたタカギくんは、さっきと同じようにコンクリートブロックに座って釣りをしていた。

少年は自転車を停めた。はずむ息を整え、さっきはごめんなさいごめんなさいごめんなさい、と声に出さずに練習して、顔を見られてませんように見られてませんように、とも祈りながら、ゆっくりと岸辺へ向かった。

「あのぅ……」と声をかけた。振り向いたタカギくんは、「なに?」と訊《き》き返した。怒った顔でも声でもない。少年はほっとして、でも同じぐらい、なにをやらせてもにぶいタカギくんのことが悲しくもなって、「釣れますか?」と訊いた声はかぼそく揺れた。

タカギくんは池に目を戻して、「全然だめ」と言った。確かに、泥の混じった池の水を

すくったバケツには、なにも入っていない。かわりに、バケツの縁には濡れた靴下が雑巾《ぞうきん》みたいに掛かっていた。ジーンズの膝から下はまだぐっしょり濡れているし、裸足で履《は》いたズック靴も、きっと、地面を踏みしめると靴底から水が染みてくるだろう。

早く家に帰って、コタツに入って体を温めたほうがいいのに。風邪をひいてしまったら――自分のせいだ、と少年はうなだれる。

「釣りたいの?」タカギくんが訊いた。「でも、だめだ、竿一本しかないから」

「……なにが釣れるんですか?」

「ライギョ」

「いるんですか?」

思わず声がはずんだ。逆に、タカギくんのほうが驚いて、「ライギョ、知ってるの?」と訊いてきた。

「お父さんが、よくライギョ釣りに行くから」

お父さんは車で一時間ほど走ったところにあるダム湖にしょっちゅう出かけている。大きいものなら体長一メートルにもなるライギョは、針に掛かっても激しく暴れる。それを格闘するような気分で釣り上げるのが楽しいのだという。

「エサはなに使ってるの? おまえの父ちゃん」

「ルアーみたい、です」

タカギくんは、ふうん、とうなずいてリールを巻き上げた。テグスの先についているのは小さなカエル——いや、カエルの形をしたゴムのおもちゃだった。

「もう冬だから、ほんもののカエルいないし」

恥ずかしがる様子もなく笑って、また竿を振ってカエルを池の真ん中に落とす。

ライギョがカエルをエサにすることは少年も知っている。でも、こんなおもちゃで釣れるとは思えない。やっぱりタカギくんはタカギくんなんだなあ、とまた悲しくなった。こんなことしてるぐらいなら、早く家に帰って服を着替えてよ、と言いたくなった。

「こんな池にほんとにいるんですか？　ライギョなんて」

「さあ……」

タカギくんはのんきに首をかしげて、「でも、このへんでライギョのいそうな所、ここしかないし」とつづけ、少年を振り向いて、「ライギョがほんとにいたら、すごいだろ」と、まだ釣ってもいないのに自慢げに言った。

「好きなんですか？」

「うん、俺、好き。おまえは？」

「ぼくは……あんまり……」

ヘビのような体の模様が気持ち悪い。たまにお父さんが獲物をクーラーボックスに入れて持ち帰っても、「料理できない魚は持って帰らないで」とお母さんに嫌がられてしまう。

「知ってる？」タカギくんはリールをゆっくり巻き上げながら言った。「ライギョって池の底でほとんど動かないんだけど、たまーに暴れると、雷が鳴るんだ」

「そうなの？」

「だから、雷の魚って書いて、ライギョ」

タカギくんはそう言って、「俺、ライギョ大好き」と繰り返した。「ライギョを釣ったら、暴れるだろ、暴れたら雷が鳴るだろ、その瞬間、俺、死にそうなほどうれしい」

カエルのおもちゃが水面に上がってきた。タカギくんは竿を立ててカエルを手元に引き寄せながら、少年を見ずに言った。

「さっき、石投げただろ」

背筋がぞくっとした。あわてて謝ろうとしたが、とっさに出てきた言葉は——なにも練習していなかった「うそ、そんなことしてない！」だった。

「いいんだよ」タカギくんは笑った。「サトウの弟も一緒だったろ。弟とか、弟の友だちに文句言ったら、学校でサトウに殴られるし」

「……でも」

「怒ってないから」

タカギくんは戻ってきたカエルを手のひらに載せて、ほら、と少年に見せた。濡れて色の濃くなった緑色のカエル——「やっぱり、ほんもののカエルかルアーのほうがいいよなすぐに手のひらは閉じて、カエルは池に放り込まれる。タカギくんはリールにストッパーをかけて、「ライギョが釣れたら、雷が鳴るから……」とつぶやいた。

タカギくんの話は隠してお父さんにライギョのことを訊くと、「あそこにはいないだろう」とあっさり首を横に振られてしまった。雷の話も、「逆だよ、逆」——雷が鳴るような天気の悪い日に、ライギョは動きが活発になる。水の中に陽《ひ》の光が射し込まない方がいいのだ。

「お父さん……今度いつライギョ釣りに行く？」

「おう、明日だよ、明日会社の友だちと行くから」

「釣れたら、生きたまま持って帰ってくれる？」

お母さんは「やだぁ、捨てるのお母さんなのよ」と顔をしかめたが、お父さんは「ライギョはじょうぶな魚だから。水がなくても二、三日は生きてるっていうから、平気だよ」と言ってくれた。

日曜日の夕方、少年はクーラーボックスを自転車の荷台に載せて、ため池に向かった。

体長五十センチほどのライギョを一尾、池に入れた。

ライギョは岸辺からゆっくりと、のったりと、池の真ん中に向かって泳ぎ出して、すぐに濁った水に紛《まぎ》れて見えなくなった。

その日以来、少年はため池には行かなかった。タカギくんがライギョを釣り上げる瞬間を見たい気持ちはあったが、何日たっても釣れずにいるのを見るほうが嫌だった。信じた。絶対に釣れる。ライギョを釣ったら、なにかが――自分でもうまく言えないなにかが、変わる。変わってくれるといいな、と祈った。

トモノリはあいかわらず少年を子分扱いする。でも、少年は遊びの誘いを断ることが少しずつ増えてきた。タカギ遊びのときには、絶対に加わらない。「知らないぞ、『タカギ2号』になっても」と脅《おど》されると、やっぱり怖い。怖いけれど、もう、エサのカエルをタカギくんに見せてもらったときのような胸の詰まる思いは、嫌だ。

タカギくんが学校で暴れたのは、十二月に入って間もない頃だった。

教科書やノートをぜんぶトイレの便器に捨てられたタカギくんは、廊下を歩いていたトモノリの兄貴を見つけるといきなり後ろから殴りかかって――そこが階段のすぐそばだったので、二人は踊り場まで転げ落ちてしまった。

タカギくんは足を骨折して入院した。トモノリの兄貴も鎖骨《さこつ》と肋骨《ろっこつ》を折った。

「少年院だよあいつ、後ろからなんてひきょうだろ。きたねえよ。ソンガイバイショウだよ、許せねえよ」

トモノリは怒ってまくしたてていたが、ケガ以上に、その事件でタカギ遊びのことがばれてしまったことのほうが大きかった。いまは学校をあげての大問題になって、トモノリの両親も近いうちに学校に呼び出されるのだという。

トモノリも『タカギ2号』の脅し文句は口にしなくなった。「やっぱ、調子に乗っておもちゃにしてると怖いよな、本気で怒る奴には勝てねえもんな、面白がってるだけの遊びだと」と叱られていないのに叱られたあとのような顔で言って、終業式の間際《まぎわ》に、ぽつりと教えてくれた。

「兄ちゃん、本気でタカギに謝ったって言ってた……」

タカギくんが許してくれたかどうかは、わからない。

ただ、同じ病院に入院した二人は、一緒にリハビリをつづけているのだという。

タカギくんは、ライギョを釣り上げたのだろうか——？

終業式の次の日曜日は、ため池の水抜きの日だった。お父さんに「連れて行ってやろうか？」と誘われたが、少年は一人でため池に出かけた。

川から水を取る水門は三日前から閉じられ、すでに水かさは深いところでもおとなの膝あたりしかない。残りの水も電動ポンプで見る見るうちに汲《く》み上げられていく。

魚が姿をあらわした。フナがいる。今年もウナギがいた。ナマズをおじさんが捕まえたときには、「今年一番の大物だなあ」の声があがった。

ライギョは――。

胸をどきどきさせて、池を見つめた。

「よし、小学生も入っていいぞ」と言われて、裸足で泥の中に入った。もう水は、少年の脛《すね》までしかない。ライギョがいればすぐにわかる。いてほしくない。やっぱり、タカギくんには、ライギョを釣り上げていてほしい。

水が退く。低学年の子どもたちがアメリカザリガニを掘れるほどの水かさになった。

ライギョは――いない。

用水路につづく出水口にはゴミを濾《こ》す網がはまっているので、池の外に出たということはありえない。だから、間違いない、ライギョはタカギくんが釣り上げたのだ。

少年は足元の泥を撥《は》ね上げて、泥のなめらかな感触を足の裏ぜんたいで味わいながら、池の中をぐるぐる歩きまわった。じっとしていられない。誰もいなければ、声をあげてバンザイをしていたかもしれない。

水がすべて退いた。池は泥のプールになった。「はい、じゃあゴミ拾いするぞお」と号令を受けて、底に沈んでいたゴミをみんなで拾っていく。

緑色の小さなものが、泥に半分埋《う》まっていた。まさか、と胸をまた高鳴らせながら拾い上げた。

カエルのおもちゃだった。

「ボク、ゴミがあるんなら、ここに投げちゃえ」

作業服のおじさんが、大きなポリ袋の口を広げてこっちに向けてくれたが、少年は笑って首を横に振り、泥の表面に染み出た水でカエルを洗った。

あの日のタカギくんのように、手のひらにカエルを載せてみた。表面がまだぬるぬるしたカエルは、おもちゃのくせにライギョをだましたお手柄が自分ではよくわかっていないのか、間の抜けたきょとんとした顔で少年を見つめていた。

すねぼんさん

トラックは小さな峠をいくつも越えた。高速道路を降りてからは、曲がりくねった細い道がつづく。真夜中――そろそろ明け方が近い。前方を照らすヘッドライトの明かりがぼうっと霞《かす》んで見える。霧が出ているのかもしれない。

「ボク、もう起きたんか?」

ハンドルを握るアサイさんが言った。助手席のヒガシさんも首をよじって少年を振り向き、「横になっとらんと車酔いするど」と少し心配そうに言う。

シートの後ろの仮眠用のスペースにちょこんと座った少年は、肩をすぼめて「はい……」とうなずいて、けれどそのままの姿勢で、フロントガラス越しに夜の闇を見つめた。

高速道路を走っているときにうたた寝をしたきりだったが、ちっとも眠くない。夕方の五時にトラックが出発してからすでに十時間以上たっていて、車の震動にさらされどおしの小さな体はぐったりと疲れているはずなのに、頭と心は、きん、と音がしそうなほど冴《さ》えていた。

緊張している。初めて乗り込んだトラックに興奮もしているし、それから——不安も、あった。

折り曲げたひざをきつく抱き直し、半ズボンから覗《のぞ》くひざ小僧をそっとなめた。埃《ほこり》の味と汗の味が入り交じって、しょっぱいような、苦いような……。

おいしい。

いつかそう言ったら、クラスでいちばん仲良しの原田くんに笑われた。埃の中にはばい菌や寄生虫の卵がたくさん入っていて、なめると病気になるらしい。母も少年がひざ小僧をなめるのを見るたびに眉《まゆ》をひそめ、病気になっても知らないわよ、お行儀が悪いんだからほんとに、と言う。

物知りの原田くんは「口ざみしい」という言葉を教えてくれた。ひざ小僧をしょっちゅうなめるのは、こころのさびしさが口に伝わって、なにか味のあるものを食べずにはいられないからなのだという。おまえってコドクなんじゃないの？　ヨッキューフマンなんじゃないの？　かわいそーっ。笑いながら言う原田くんの手の爪は、いつもぎざぎざだ。保健委員の清潔検査では、必ず爪の欄に×をつけられてしまう。爪を嚙《か》むのも口ざみしいからなのだろうか。あいつもコドクでヨッキューフマンなのだろうか。一度言い返してやろうと思ったまま、それきりになってしまった。

原田くんは屁《へ》理屈も得意だから、それとこれとは違うよ、ぜんぜん違うよ、だって爪は味しないもん、と言ったかもしれない。まあいいや。原田くんと遊ぶことは、もう、ない。昨日の夕方、校門の前でお別れをした。「さよなら」を交わす順番を待つ間、あいつはずっと爪を嚙んでいた。

少年はまたひざ小僧をなめる。味のする場所を探して、少し脇のほうを。

枕元には、リュックサックとランドセルが置いてある。ランドセルの中には全科目の教科書が詰めてある。算数の宿題がある。計算ドリルを二ページ。でも、それはもう少年には関係のない話だった。クラス担任の須藤先生が「算数の宿題、忘れないでね」と『終わりの会』でみんなに言った、その数分前に、少年は教壇に立ってお別れの挨拶《あいさつ》をしていた。「新しい学校に行ってもがんばってね」と目を赤くして言ってくれた先生が、少年が席に戻るとすぐに口調を明るく変えて、明日のことについて話しだした――いま振り返ると、なんとなく、悔しい。

ランドセルの中には、クラスのみんなに書いてもらった寄せ書き帳もある。学校から帰ってすぐにトラックに乗り込んだので、リボンで結んだノートの中身は、まだ知らない。

取り出して読んでみたかったが、トラックの車内は真っ暗で、運転席の前のメーターの明かりしかない。アサイさんとヒガシさんの顔も、見分けられるのは、ヘッドライトの明かりがうっすらと映り込む鼻や頬のあたりだけだった。

寄せ書き帳を一ページだけ読むなら——それは原田くんのページでも須藤先生のページでもない。成瀬裕子さんのページを、読みたい。どんな言葉が書いてあるかを知りたい。「さよなら」だけでない、もう一言が、あったらいいのに。

ヒガシさんはまた少年を振り向いて、「もうじき休憩するけん」と言った。

休憩——？　町の明かりも見えない、こんな山奥で——？

「ええ店があるんよ」アサイさんが言った。「ボクのお父ちゃんも、しょっちゅうそこで飯を食うとったんじゃ」

のう、そうじゃったよの、と助手席のほうを向いて言ったアサイさんに、ヒガシさんは黙って、叱るように目配せした。最初はきょとんとしていたアサイさんも、ああそうか、とうなずき、気まずそうな咳払いとともに運転に戻った。

ヒガシさんもアサイさんも、低い声で話す。しわがれた声で笑う。二人は父と同じ運送会社で働いている。それ以上のことはわからない。名前を漢字でどう書くのかも知らない。「ヒガシ」と「アサイ」という読み方も、出がけに母が挨拶をしているときにちらりと聞いただけで、もしかしたらほんとうはまったく違う名前なのかもしれない。自己紹介をしてくれなかった二人は、少年のこともなにも訊《き》かなかったし、めったに話しかけてこない。

最初は二人に嫌われているんじゃないかと心配だった。いまでもちょっと心配は残っている。もっとうまく、にこやかに受け答えをしないと。ちゃんと笑わないと。無愛想だったら怒られるかもしれない。「はい」と「いいえ」ですませるのではなく、もう一言、二言……自分から話しかけたり……でも、なにを？

胸がどきどきして、息苦しくなった。

ひざ小僧を、またなめた。運動会のかけっこの前みたいだ。かくれんぼの鬼になかなか見つけてもらえないときや、いたずらが見つかって先生に職員室に呼び出されるときとも似ている。ひざ小僧を何度もなめる。舌を押しつけて、こすって、しょっぱさと苦さの溶けた唾《つば》を、こくん、と呑み込む。

すねぼんさん——と呼ぶのだと、父に教わった。父のふるさとでは、ひざ小僧のことをそう呼ぶ。「すね坊主」をていねいに言うと「すねぼんさん」になるらしい。父のふるさとの方言は不思議だ。太ももを「ひざ」と呼ぶ。ひざ小僧は「すねぼんさん」で、向こうずねは「すね」のまま。父のふるさとでは、太ももの裏側だけを「もも」と呼ぶのだという。そんなの変だよ、と少年が笑うと、父もおかしそうに笑っていた。

そのときの父の笑顔を思いだすと、急に悲しくなった。ひざ小僧——すねぼんさんに額を乗せた。

父は、ヒガシさんやアサイさんと同じ、トラックの運転手だった。二カ月ほど前、病気で亡くなった。まだ三十代半ばの若さだった。風邪ひとつひいたことのないたくましいひとだったのに、肺に小さなガンが見つかったあと、ほんの一カ月で亡くなってしまったのだ。

母と少年は、母の実家のある町に引っ越しをすることになった。少年は家財道具と一緒にトラックに乗せられ、母はトラックを途中で追い抜く格好で、夜行列車でふるさとへ向かった。母がそう決めた。なぜそうするかは教えてくれなかった。

下り坂だった道は、いつのまにか再び上り坂になっていた。また峠を越えるのだろう。真っ暗な、ほんとうにさびしい山道だ。すれ違う車もない。派手な電飾で彩られたトラックは、街を走っているときには、たてがみの立派なライオンのように堂々としていた。いまだって、外から見るときっと、怖いものなどなにもないみたいにたくましいだろう。でも、車の中に入ってしまうと、街灯の明かりすらない深い闇に浮かぶきらびやかな電飾が、逆にものさびしさやこころぼそさをかきたててしまう。

お父さんだってそうじゃないか、と少年は思う。あんなに元気だったのに、嘘《うそ》みたいにあっけなく死んでしまった。大きなトラックを自由自在に操っていた太い腕は、たった一カ月の闘病生活の間に、枯れ枝みたいに細くなってしまっていた。

アサイさんは右手一本でハンドルを操作して、左手で無線のマイクを取った。「そろそろ着くど」と喉《のど》からちぎり取ったようなそっけない声で言って、マイクを戻す。向こうから「了解」という声も聞こえたが、アサイさんもヒガシさんも返事はしなかった。

胸がまた、どきどきしてきた。すねぼんさんをなめて、目をつぶり、成瀬さんの名前をこころの中で呼んだ。成瀬さん、成瀬さん、成瀬さん……と繰り返すと、舌の付け根から苦いものが湧いてくる。

校門まで見送りに来てくれたのは男子だけだった。女子の何人かは教室のベランダから手を振ってくれた。成瀬さんがその中にいたかどうかはわからない。ほんとうは成瀬さんだけでよかったのだ、見送りは。原田くんよりも成瀬さんと最後に会いたかった。校門を出て一人で家へ向かっているときも、ひょっとしたら成瀬さんが走って追いかけてくるんじゃないか、先回りして四つ角の陰に隠れて待っていてくれるんじゃないかと期待していたが、結局成瀬さんは姿を見せなかった。もしも、最後の最後に成瀬さんに会えたなら、いままでどうしても言えなかった言葉を……。

アサイさんがなにか言った。

あわてて顔を上げて「はい？」と聞き返すと、アサイさんは前を向いたまま、「もうじきじゃけん」とつぶやくように言った。

少年は黙ってうなずき、それじゃわからないんだと思い直して、「はい」と声に出して答えた。

でも、アサイさんには聞こえなかったのか、聞こえていても返事をするのが面倒だったのか、黙ってギアを一つ落とし、アクセルを踏み込むだけだった。

坂の勾配《こうばい》が急になった。峠が近い。

「腹が空《す》いたろう、ボク」ヒガシさんが振り向いて笑う。「美味《うま》いもん、ぎょうさん食わせたるけえ、楽しみにしときんさい」

少年はなにも応《こた》えない。こころぼそさの向かう先が微妙に変わった。新しい町での暮らし――新しい学校で友だちができるだろうか、いじめられたりしないだろうか、引っ越したら仕事を始めるというお母さんは疲れて病気になったりしないだろうか、無口なおじいちゃんと仲良く暮らしていけるだろうか、行儀にうるさいおばあちゃんに嫌われないようにがんばらないと……「だいじょうぶじゃ、困ったことがあったら、お父さんになんでも言えや」と肩を抱いてくれるお父さんは、もう、いない……。

トラックが急なカーブを曲がると、目の前が不意に明るくなった。

ドライブインだった。峠のてっぺんに、雑木林に囲まれて、まるで秘密基地のような終夜営業のドライブインがあった。

広い駐車場はトラックで満杯だった。どのトラックも電飾をまばゆく灯《とも》し、一斉にクラクションを鳴らして少年の乗ったトラックを迎えた。

「みんな集まってくれたんじゃ」

アサイさんが初めて少年を振り向いて笑った。

「みんな、お父ちゃんの連れなんじゃ」

ヒガシさんも笑った。まわりのトラックの明かりに照らされた顔は、二人ともあんがい優しそうだった。

トラックはスピードを落として、ゆっくりと駐車場を進む。なんだか『ジャングル大帝』のレオになったような気分で、少年も初めて、頬をゆるめた。

二人に連れられて食堂に入った。ヒガシさんがセルフサービスの水を持ってきてくれて、アサイさんは「味噌ラーメンと餃子にせえや、ボク」と言った。どちらも父の大好物で、このドライブインに寄るたびに食べていたのだという。

やがて、外から何人もの男のひとが入ってきた。父と顔なじみのトラック仲間なのだとヒガシさんが教えてくれた。自己紹介はしない。名前もわからない。ただ、テーブルを取り囲んだ顔は、みんな笑っていた。

「ええ食いっぷりじゃのう」「親父によう似とるわい」「トン汁も食うか？　親父はトン汁も好きじゃったんど」「ぎょうさん食うて早《はよ》う大きゅうなって、お母ちゃんに楽させちゃれ」……。

少年は黙ってラーメンを食べる。餃子を食べる。ラーメンも餃子も口の中を火傷《やけど》しそうなほど熱かった。味はよくわからない。こんなに唐辛子の効いた味噌ラーメンは初めてだったし、ふだん家で餃子を食べるときには、母はラー油を入れてくれない。

風来坊
日本列島一人旅
宝丸
行
峠
ドライブイン峠
ラーメン
快速
601

どんぶりに顔をつっこんでラーメンを啜《すす》り、むせそうになりながら餃子を食べていると、鼻の奥が熱くなってきた。味はあいかわらずわからない。それでも、これはおいしいんだ、いままで食べたラーメンや餃子の中でいっとうおいしいんだ、と決めた。

ドライブインを出るときにも、トラック仲間が外に出て見送ってくれた。ヘッドライトや電飾を浴びて駐車場を進んでいると、左右から「しっかりがんばれや!」「困ったことがあったらなんでも相談せえよ!」「あんたのお父ちゃんには世話になったんじゃけん!」と声がかかる。照れくさくなって夜空を見上げると、父がゴツい顔をくしゃくしゃにして笑っていた。

トラックに乗り込んだ。まわりのトラックの明かりは仮眠用のスペースも、ぼうっと照らしていた。あ、そうだ、と少年はランドセルの蓋《ふた》を開けた。寄せ書き帳のリボンをほどき、ページを急いでめくった。

〈元気でね〉

成瀬さんは、そう書いてくれていた。期待していたような言葉ではなかったが、でもいいや、と笑ってノートを閉じた。

トラックが走りだす。今度は下り坂。道路案内板が見えた。右に曲がれば父が定期的に荷物を運んでいたコンビナートのある街、左に曲がれば古い城下町——母のふるさと。

左折して、カーブをいくつか曲がると、急に見晴らしがよくなった。遠くに町の明かりが見える。空の下のほうが白んでいた。

「あと三十分ほどで着くけえの」とアサイさんが言った。

「お母ちゃんが迎えに来てくれとるど」とヒガシさんが笑う。

少年は黙ってうなずき、すねぼんさんをぺろりとなめた。味噌ラーメンと餃子の辛《から》さに舌が痺《しび》れているせいなのか、すねぼんさんの味は、今度はほんのりと甘かった。

川湯にて

母は旅館の主人からスコップを二本借りた。軍手も二人ぶん。使い古して黒ずんだ、安物の軍手だった。帳場のカウンターには滑《すべ》り止めのゴムいぼがついた新品もあったが、そっちは売り物だと知ると、母は「これでいいよね、だいじょうぶだいじょうぶ」と言い訳するようにつぶやいて、少年に軍手を渡した。

「べつに手伝わなくてもいいけど……外、寒いから」

少年は黙ってうなずき、軍手をはめた。サイズが大きすぎる。知らない誰かのお古だと思うと、それだけで手のひらがむずがゆくなってくる。

「じゃ、行こうか」

母は二本のスコップを肩にかついで、玄関の引き戸を開けた。

外は一面の銀世界だった。空は晴れていても、風花《かざはな》が舞っている。少年はぶるっと肩をすくめ、ダウンジャケットのスナップボタンをあわてて全部留めた。

雪は道路も白く染めていた。車のタイヤや靴で踏み固められたぶん滑りやすく、旅館で借りた大人用の長靴はぶかぶかで、ひどく歩きにくい。

「気をつけなさいよ」――振り向いて言ったそばから、母のほうが足を滑らせて、危うく転びそうになった。

「ママ、だいじょうぶ?」

「……ひとのことはいいから、足元に気をつけなさい」

少年はしょんぼりとうつむいて、よいしょ、よいしょ、と一歩ずつ足を持ち上げて、リュックを背負った母親の背中を追った。

元旦だった。お年玉まだもらってないな、と気づいた。あけましておめでとう、は言ったっけ。たぶん言ったはずだ。いつもの年のような浮き立った気分はなかったので、そのときの口調も母の様子も思いだせないけれど。

わが家以外の場所でお正月を迎えるのは、生まれて初めてだった。母と二人きりのお正月も初めて。

母は歩きながら何度もスコップをかつぎ直す。腰がふらついている。かなり重そうだったが、少年が「持とうか?」と声をかけても、「無理無理」と渡してくれない。

かわりに、母はぽつりと言った。

「旅館のおじさん、ママのこと疑ってたね、さっき」

「そう？」

「穴を掘って息子を殺して埋めるんだ、って。そういう顔してたでしょ、見なかった？」

冗談だと、思う。笑ったほうがいいのかな、という気もする。でも、かじかんだ頰は固くこわばって動かない。

「嘘《うそ》だよ、嘘。ほんとはバカにしてたでしょ、おじさん」

「……なんで？」

「オンナコドモに穴なんて掘れるはずない、って。なめてるよねえ、セクハラだよねえ」

母は笑った。あまり楽しそうな笑い声ではなかったから、少年はしかたなく、「コドモ」の一言に寂しさを感じながら、声をあげて笑った。

「でも、だいじょうぶよ、ちゃんと掘れるから。で、穴に誰かを埋めちゃうの。あんたなら誰を埋めたい？」

少年の笑い声が止まる。誰——のところで、母が名前を言わせたい相手がわかったから。

母の笑い声もしぼんだ。

「いまの、冗談……ごめんね」

ぼそっとつぶやいて、そこから急に足を速めた。

少年には父がいた。いまもいる。でも、もう一緒に暮らすことはできない。

父が家を出たのは十一月の終わりだった。秋口から進めていた離婚の話が、ようやくまとまった。離婚の原因は、父に好きなひとができたからだった。母と少年は、二人まとめて捨てられたのだ。

家族が揃っていた最後の日に、父は少年に言った。

「ママのこと……よろしくな。おまえがしっかり守ってやってくれ」

黙ってうなずくと、「オトコとオトコの約束だぞ」と念を押された。

すると、母は手近にあったティッシュペーパーの箱を父に投げつけて、「よけいなこと言わないで！」と泣きながら叫んだ。離婚のごたごたの最中、母が少年の前で涙を見せたのは、それが最初で最後だった。

父は離婚してすぐに、不倫相手と再婚した。今度の奥さんは、まだ二十代の——「すっごくきれいなひとなんだって」と母は、すっごく大げさな口調で言っていた。

結婚が遅く、一人息子の少年を三十を過ぎてから産んだ母は、今年、四十三歳になる。甘いものが大好きなせいで、ぷくぷくと太って、家族が三人だった頃には、しょっちゅう父と少年に「ママはブタさんだから」とからかわれていたものだった。

でも、去年のクリスマスケーキは、賞味期限までに食べきれなかった。直径二十四センチのホールケーキを、その気になれば一人で丸ごと食べきれる母が、今年のケーキは美味《おい》しくないとかフルーツが酸っぱいとか、文句ばかりつけてほとんど食べなかったせいだ。

「二人だとやっぱり多すぎるよね、量が」

そう言って食べ残しのケーキを捨てた母は、「来年はちっちゃいのをたくさん買おうね」と付け加えた。

再婚はしない、と母は決めていた。結婚前からフルタイムの仕事をつづけているし、少年が二十歳になるまでは月々の養育費も父から振り込まれるので、生活にはとりあえず困らない。離婚したばかりの頃は「もうちょっと待っててよ、すっごくカッコいいパパを見つけてあげるから」と少年に言っていたが、何日かたつと、そんな話は口にしなくなった。

「もうオトコなんてこりごりだから」——夜中に目が覚めると、リビングで誰かと長電話していた母のうんざりした声が聞こえた。「オトコ」の中に自分も含まれるんだろうかと思って、少年は頭から布団をかぶった。それが数日前のことだった。


川に出た。向こう岸が切り立った崖《がけ》になった、浅瀬の川だった。

「ここなの？」

少年が訊《き》くと、母はかついでいたスコップを肩から下ろし、雪だまりに突き立てて、

「そうよ」と言った。

「……温泉、なんだよね」

小石と砂利だらけの河原を見渡した。いまはどこにも湯船はないが、河原をスコップで掘っていけばお湯が湧いてくる――らしい。

「ほんとだってば。だから、ほら、河原に雪が積もってないでしょ。地面が暖かいから雪が融《と》けるの」

母はスコップを一本だけかついだ。「ここからは、自分のは自分で持ちなさい」と河原に下りていった。

手に持ってみると、スコップは予想していたよりずっと扱いづらかった。柄《え》が長すぎるし、太すぎる。重さはそれほどでもなかったが、刃と柄のバランスが悪い。かついで歩きだしてからも、何度も立ち止まって、前後の重さが釣り合うように肩に載せる位置を調整した。

母は一人でどんどん先に進む。後ろは振り向かず、少年を気にかけている様子もなく、歩きながらなにかをじっと考え込んでいるように、足元しか見ていない。

離婚してから、ずっとそうだった。リビングでテレビを観ているときも、ふと少年が気づくと、母の視線はテレビからそれていることが多かった。

そんな母が、おととい――十二月三十日になって、不意に「明日、温泉に行こうか」と言いだしたのだ。

「昔、旅行雑誌で読んだんだけど、自分で露天風呂を掘る温泉があるんだって。河原を掘って入るの」

川に温泉が湧いているから、川湯。同じ名前の温泉地は全国にいくつかあって、和歌山県の川湯温泉では川を堰《せ》き止めてプールのような露天風呂をつくっているらしい。

でも、名の通った川湯の旅館はどこも満杯で、温泉地としてはほとんど知られていない小さな川湯しか予約がとれなかった。紅葉の時季までは温泉マニアもたまに訪れるが、冬場の一軒宿は長逗留《ながとうりゅう》の湯治《とうじ》客ばかりになる。湯治客は旅館の中にある露天風呂を使うので、この季節にわざわざ自分で河原を掘るひとは誰もいない、と旅館の主人はあきれ顔で言っていた。

「このへんで掘ってみようか」

母は岸辺で立ち止まり、地面にスコップを差して、砂利を軽くすくってみた。

「よし……ここ、ウチの露天風呂」

「川に近すぎないの？」

「近いほうがいいの。地面から湧いてくるお湯だけだと熱すぎるから、川の水を引き込んで少し冷《さ》ますんだって」

母は腰をよじって、スコップの砂利を後ろに捨てた。足元がふらついた。スコップの動きほどには砂利は遠くには飛ばなかった。おっとっとっ、とスコップを杖《つえ》のようについて

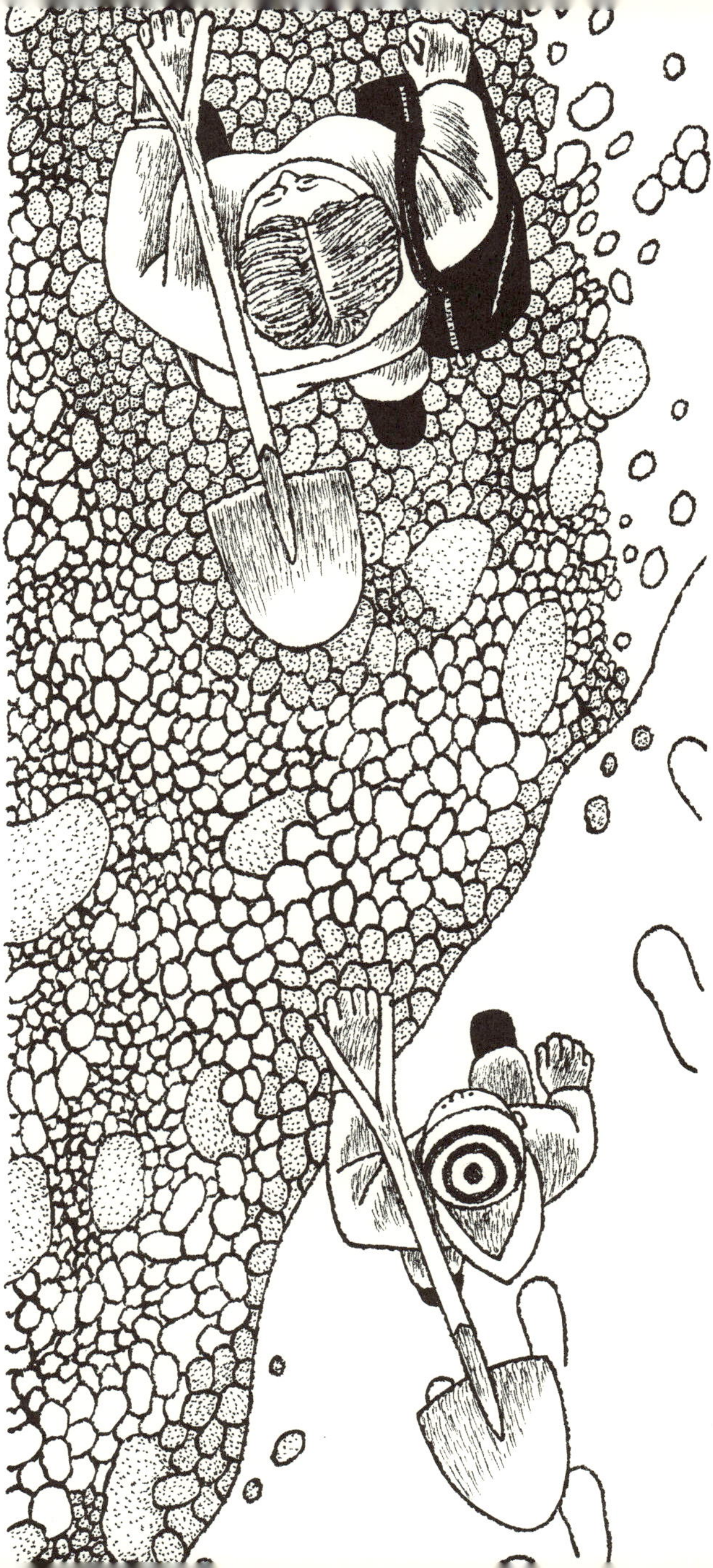

体を支えた母は、腰に手をあて、首をかしげて、「滑り止めのついた軍手のほうがよかったね」と初めて少年を見て笑った。

少年は、えへへっ、と笑い返した。母と向き合ってすんなりと笑えたのはひさしぶりだった。

でも、母は笑顔のまま、少年をじっと見つめた。いつまでたっても目をそらさなかった。

気詰まりになった少年は、逃げるようにうつむいて、肩にかついだままだったスコップを下ろした。

顔を上げたときには、もう母は背中を向けて、河原を掘りはじめていた。半分ほっとして、半分ごめんなさいとも思って、少年は母に声をかけた。

「……手伝うけど」

「平気」

母は背中を向けたまま、ぴしゃりと言った。

少年は急に不安に駆られ、黙っていられなくなって、もう一言——なにをしゃべるか決めないまま、「ママ……」と声をかけた。

母はそれをさえぎるように「掘りたいの、ママ一人で」と言った。

「……そう」

少年はうつむいて、足元の砂利を軽く蹴った。長靴のつま先で地面を掘ってみたが、お湯は湧いてこなかった。

何度か砂利をすくったあと、母は軍手をはずし、真っ赤になった手のひらに息を吹きかけて、「軍手、滑り止めがあったほうがよかったね、ほんとに」と言った。

「旅館にダッシュで帰って、買ってこようか？」

いますぐにでも駆け出すつもりで、少年は言った。

でも、母は「ママを一人にしちゃわないで」と笑いながら言った。「そんなの寂しいじゃない」

笑っていいのかどうか——わからない。

「あんたと二人でいるんだけど、ママが一人でがんばるっていうのが、いいの」

今度も母は少年をじっと見つめた。

今度は、少年は目をそらさなかった。

しばらく黙って見つめ合ったあと、母は「やっぱり手伝ってくれる？」と言って、また軍手をはめた。

少年はスコップをかまえた。地面に刃を深く差して砂利を山盛りにすくう。最初は、よし、うまくいった、と思ったが、砂利の重さが加わったスコップはふらふらと持ち上げるのがやっとで、遠くに捨てようとしても、砂利はほとんどその場にこぼれ落ちてしまった。

「ほら、難しいでしょ」と母は自分のすくった砂利を捨てた。母のほうも砂利はすぐそばに落ちるだけで、しかもスコップに引っ張られるように上体がつんのめって、地面に膝《ひざ》と手をついてしまった。

「……ね、だから、けっこう難しいわけ」

「うん……」

「欲張っていっぱいすくうと重いから、ちょっとずつでいいの。もう一回やってごらん、ママが見ててあげる」

やってみた。すくう砂利をほんの少しにするとうまくいったが、母は「こんなのじゃ夕方になっちゃうよ」と首を横に振った。「はい、もう一回」

いつのまにか算数の宿題を見てもらっているような感じになった。でも、宿題のときとは違って、悪い気分ではなかった。

少年は息を詰めて両腕に力を込め、刃を地面に差した。マンガかテレビで見た工事現場の場面を思いだして刃の上を足で踏んでみると、刃はさらに深く地面に入って、持ち上げるとまた山盛りの砂利になってしまった。さっきよりも重い。腕だけでなく膝も震える。それでもスコップをがんばって水平に支えたまま、一歩、二歩と外に歩いて、砂利を捨てた。

「すごーい、やっぱりオトコだね」

拍手をしてもらった。軍手をはめたままの拍手の音はバフバフッという間の抜けたものだったが、少年は誇らしさと照れくささの入り交じった笑顔で応えた。父親との約束を、ちょっとだけ果たせたような気がした。

「ね、来てごらん。湧いてるよ、お湯」

少年が掘った穴を覗《のぞ》き込んで、母は声をはずませた。

砂利の底から出てくるお湯は、まだ「湧き出す」のではなく「染み出す」程度の量だったが、指先をひたしてみると確かに熱かった。


小一時間かけて、なんとか二人が入れる大きさの露天風呂ができあがった。

「汗かいちゃったから、温泉、気持ちいいよ」

母はうれしそうに言って、ウインドブレーカーやセーターを脱ぎはじめた。

「……水着、だよね?」

リュックの中にはバスタオルや水着を入れてあったが、母は「誰も見てないでしょ、いい、いいい、平気」と笑って、あっという間に下着だけになり、あっという間に下着も脱ぎ捨てて、全裸で露天風呂に入った。

肩までお湯に浸《つ》かった母は、ぷよぷよとたるんだ腕を左右交互に揉《も》みほぐしながら、「カバさんの水浴び」と笑う。少年は笑えない。母のまんまるなお尻と、ちらっと見えたあそこの黒い毛のせいで、どうしていいかわからなくなってしまう。一緒にお風呂に入っていたのは小学二年生までだった。もう二度と、こんなことは、もう、永遠にないんだと思っていたのに。

「あんたも、すっぽんぽんでおいでよ。お風呂に水着はヘンだから」

そんなのやだよ、と顔をしかめた。大きなおっぱいがお湯を透かして、ゆらゆらと揺れている。そんなのやだ、絶対にやだからね、とリュックから自分の水着を出した。

「なに恥ずかしがってるの、いいじゃない」

母は急に元気になった。陽気にもなった。

それが——やっぱり、うれしい。

少年は水着をまたリュックに戻し、ダウンジャケットを脱いだ。勢いをつけてセーターやズボンも脱いだ。プールの更衣室ではしゃぐ一年生や二年生のように、わーいわーい、と手足をばたばたさせて素っ裸になった。ちんこ、ぶらぶらっ、と前も隠さず、バンザイのポーズでお風呂に飛び込んだ。

水しぶきを顔にかぶった母に「あー、もう、なにしてんのっ」と怒られた。少年は「ごめーん」と返し、母に背中を向けてお湯に浸かった。

「おちんちん、見ちゃったよ」

母の声は、もう笑っていた。

「こっち向かないの？」

「……いい」

「でも、あんたもだんだん体つきががっしりしてきたね」

少年は背中を向けたまま、お風呂の外の砂利をつまんではお湯に落としていく。

「一緒にお風呂に入るのって、もう最後の最後なんだろうね、これが」

大きめの石を選んで、ぼちゃん、と音を立ててお湯に落とした。

「……今年も、よろしくね」

母の声が、変わった。

「がんばるから、ママ……うん、がんばらないとね……」

背中をさすられた。お湯の中で肌に触れる母の手のひらは、やわらかくて、なめらかで、ボディソープをたっぷりつけたスポンジよりずっと気持ちよかった。

風に運ばれた小さな雪が、お湯に舞い落ちては、ふっと消えていく。少年は母に背中を撫《な》でてもらいながら、それをいつまでも飽きずに見つめていた。

おこた

「こたつ、まだ処分しとらんのじゃろう?」と父が急に言い出したのは、アヤちゃんの乗った飛行機が、そろそろふるさとの空港に着くだろうかという頃だった。

「脚をはずして納戸《なんど》に入れとるけど」

母が答えると、父は「ほな、出すか」と、飲みさしだったお茶を一息に飲み干して、ソファーから立ち上がった。

「いまから?」

「おう、脚はすぐに付けられるじゃろう」

「それは簡単やけど、布団も出さんといけんし、うちはまだ、おせちの詰め替えもせんといけんし……」

「ええんじゃ、おまえは。わしが全部するけん、メシの支度をしといてくれ」

父はサイドボードの上の時計をちらりと見て、その目を少年に向けた。

「手伝《てつど》うてくれや」

テレビを観ていた少年は「えーっ？」と体をくねらせて、億劫《おっくう》さを伝えた。

「ええけん、手伝え」

父は少し怖い顔になって、母も横から「ごろごろしとるんやろ？　手伝うてあげんさい」と口を挟み、少年に目配せをした。

「……はーい」

父につっかからないほうがいい。おととい——元旦からずっと、母の目配せを何度も受けていた。機嫌が悪いときの父は、ふだんなら笑って聞き流すことに、いちいち腹を立てる。パチッとスイッチが入るみたいに突然怒りだすこともある。「ほんとに短気でしょ？子どもの頃からそうだったんだから」とアヤちゃんがいつか教えてくれた。「機嫌の悪いときはほっとけばいいの、そうすれば酔っぱらって寝ちゃうから」

でも、今日の父は、お正月だというのに朝からお茶しか飲んでいない。アヤちゃんのせいだ。ゆうべ遅く、「明日はしらふでガツンと言わんといけんのじゃ」と父が母に話す声を聞いた。親戚で新年会を開いた元日の夜、一人では歩けないほど酔いつぶれて帰ってきたのも、きっとアヤちゃんのせいだろう。

父のあとについて居間を出ると、ぶるっと身震いした。廊下が寒い、というより、居間が暖かすぎる。この秋に工事をした床暖房は期待していた以上に部屋を暖めてくれて、だから、去年まで居間で使っていたこたつは用済みになってしまった。

納戸から取り出したこたつに脚を取り付けながら、少年は父に訊《き》いた。

「これ、どこに置くの？」

「離れの六畳間」

ぶっきらぼうに父は答えた。渡り廊下で母屋とつないだ六畳の和室は、四年前に亡くなったおばあちゃんの部屋だった。いまは客が泊まるときにしか使っていない。

「ストーブ、お母ちゃんが置いとるよ」

「ええんじゃ」

母の目配せを思いだして、少年はもうなにも言わず、うつむいて手を動かした。

「ちゃん」を付けて呼んでいても、アヤちゃんはおとなだ。父の妹だから、正しくは「アヤおばちゃん」になる。少年がまだ幼い頃、アヤちゃんは「おばちゃん」を嫌がって、「アヤちゃんって呼んでよ」と少年に言った。それがいまもつづいている。

父とアヤちゃんは歳《とし》の離れた兄妹だった。ちょうど一回り違う。二人の父親——少年のおじいちゃんが若くして亡くなったせいもあって、父はしょっちゅう「わしはアヤの兄貴いうよりは親父なんじゃけん」と言う。

だから、父の機嫌の悪さも、振り返ってみれば元日に始まったわけではなかった。年末に東京のアヤちゃんから電話が来て、一月三日に帰ると聞いたときから。もっとさかのぼると、秋の終わり——アヤちゃんが誰にも相談せずに離婚したときから、父は酒を飲むと悪酔いするようになっていた。

部屋にこたつを置き、こたつ布団を掛けて天板を載せると、父は「よし、もうええ」とうなずき、さっさと外に出た。少年が「スイッチ入れとく？」と訊くと、渡り廊下を歩きながら「そげなことせんでええ」と答え、少し中途半端な間《ま》をおいて「電気がもったいないけん」と付け加えた。

居間で父と一緒に過ごすのが気詰まりだった少年は、そのまま二階の自分の部屋に向かおうとしたが、台所にいた母に「ちょっと、電話、電話」と呼び止められた。

「誰から？」

「アヤちゃん。もうすぐリムジンバスが出る言うとるけん、早《はよ》うしんさい」

駅に迎えに来て、という電話だった。

「四時前には駅に着くから、いますぐ家を出ればちょうどいいでしょ。荷物持ってよ。バイト代にラーメンおごってあげるから」

アヤちゃんの声を聞くのは、夏に電話で話したとき以来だった。顔を見るのは三年ぶりになる。去年もおととしも——式を挙げずに東京で結婚してから、アヤちゃんは田舎に一度も帰ってこなかった。

電話を切って、居間をそっと覗《のぞ》くと、父は母がいれ直したお茶を啜《すす》りながら新聞を読んでいた。目は合わなかったが、「迎えに行ってくるんか」と声をかけられた。なんでわかったの？　と訊く前に、父は新聞を一枚めくって、「今夜は寄せ鍋にしたけん言うといちゃれ」と言った。顔も声もあいかわらず不機嫌そうだったが、ほんとうは、父がいちばん腹を立てているのは、不機嫌な自分のことなのかもしれない。

リムジンバスから降りてきたアヤちゃんは、少年を見つけると、「うわあ、大きくなったねえ」と笑った。

アヤちゃんは昔と変わらない。父の歳から十二を引いてみると、いまは二十八歳で、学校の担任の月田先生より一つ年上ということになるが、先生よりずっと若く見える。

「じゃあ荷物、持ってくれる？」

渡されたのは、アヤちゃんが肩に掛けていたバッグ一つきり、だった。

「これだけ？」

「うん。だって一泊だもん」

拍子抜けした気分でバッグを受け取ると、アヤちゃんは「ラーメン食べようか」と笑って歩きだした。

うなずいてあとにつづいた少年の足は、すぐに止まった。「どうしたの？」と振り向くアヤちゃんに、今夜は寄せ鍋だという父の伝言をつたえた。

アヤちゃんは「おせちがあるんだから、ごちそうなんてしなくていいのに」と苦笑いを浮かべ、少し間をおいて、言った。

「じゃあ、まっすぐ帰ろうか」

「うん……」

「バスの中で、いろんな話、聞かせて」

「いろんな、って？」

アヤちゃんはそれには答えず、「行こう」と少年の肩を叩いて、市内の路線バスの乗り場に向かった。


まるで、どこかに監視カメラを仕掛けていたんじゃないかと思うほど、アヤちゃんは離婚を伝えたあとの父の様子を、ひとつひとつ正しく言い当てていった。

父はアヤちゃんの言うとおり、「最初から長続きするはずがない思うとったんじゃ」と吐き捨てたのだ。アヤちゃんの言うとおり、離婚した夫を「あげな男」と憎々しげに呼んだのだ。「おふくろは先に死んどいてよかったよ」と言ったのも、「アレは子どもの頃から、夢中になったら後先が見えんようになる奴じゃったけん」とアヤちゃんのことを話していたのも、夜遅く電話をかけてきた本家のおじさんとしゃべっているうちに興奮して、最後は「ひとのウチのことに口出しせんといてくれ！」と怒鳴って電話を切ったのも、次の日に一升瓶《びん》を提《さ》げて本家に謝りに行き、べろんべろんに酔って帰ってきたのも……すべて、正解だった。

バスのシートに少年と並んで座ったアヤちゃんは、「わかりやすいなあ、お兄ちゃんは」とあきれ顔になって、「どうせ今夜はお説教するつもりなんでしょ？　そんなこと言ってなかった？」と訊いた。

少年がためらいがちに「言うとった」と答えると、「ほらね」と笑う。

「あーあ、やっぱり帰るの早すぎたかなあ」

「でも……お父ちゃん、なんで元日に帰らんのか、言うとったよ」

「だって、元日なんて親戚で集まるじゃない。そんな日にいたら、もう、飛んで火に入る夏の虫なんだから」

「そう？」

「中学生ぐらいになったらわかるわよ。で、東京とか大阪とかに出たくなっちゃうの」

そうだろうか。よくわからない。少年は生まれ育ったこの町以外の町を知らない。

二人の降りるバス停が近づいてきた。少年が降車ボタンを押すと、アヤちゃんは「さあ、がんばって叱られてくるか」と大げさにため息をついて、少年と目が合うと、「なーんてね」と顔をくしゃっとさせた。

寄せ鍋は、締めくくりのうどんを入れる前に片づけられた。母が重箱に詰め直したおせちも、ほとんど手つかずのままだった。

いつもならほろ酔いにもならないコップ二、三杯の酒に、父はひどく酔ってしまった。目が据《す》わり、体が揺れて、同じ話——アヤちゃんの夫だったひとの悪口や、最初から結婚に反対していたんだということや、これからどうするんだという話を、くどくどと繰り返した。

アヤちゃんがうんざりした様子で「だったら、もう夜行バスで帰るから」と言い出した頃、母は少年に目配せをして、「ごちそうさま」を言うきっかけを探しあぐねて困っていた少年はすぐに二階に上がった。

自分の部屋に入っても、階下の話し声はぼそぼそと聞こえてくる。ほとんどが父の声で、ときどきアヤちゃんが言い返すのも聞こえる。ずっと居間にいたのに離婚の理由はわからないままだった。ただ、夫がひどい男で、アヤちゃんはだまされていたんだと——父の言いぶんだけを並べれば、そうなる。

早く寝よう、と思った。考えてもわからないことはもうなにも考えずに、さっさと寝てしまって、明日の朝には、父とアヤちゃんが昔のように仲良くしゃべっている、というのがいい。

パジャマに着替えて布団にもぐり込んだら、父の怒鳴り声と、ガラスの割れる音が響いた。父をなだめ、アヤちゃんに「ここはええけん、もう今夜は寝んさい」と言う母の声も。

ほどなく階下は静かになった。アヤちゃんは離れの和室にひきあげたのだろう。父も、あの様子だとすぐに眠ってしまうはずだ。朝になったら――二人は仲直りしてるよ、と決めた。だって兄妹なんだから、と胸の高鳴りをしずめて、布団の中で何度もうなずいた。一人っ子の少年には、きょうだいで喧嘩をすることも、仲直りをすることも、本やテレビや友だちの話で想像するしかない。

階下から、また話し声が聞こえてきた。今度は父と母の二人きりで、涙声でしゃべる母に、父は「おう」「わかっとるんじゃ、それは」と短く応《こた》えるだけだった。

なんとなく安心して、それで体を締めつけていたものがゆるんでしまったみたいに、急におしっこに行きたくなった。

階下に降りると、母は割れたコップのかけらを拾い集め、父はテーブルの上のカゴから取ったミカンを、野球のボールのように握って見つめていた。

「どげんした、しょんべんか？」

「……うん」

「ほなら、これ、離れに持って行っちゃれ」

父が軽く放ったミカンを、胸と両手で受け止めた。目が合うと、父はむすっと眉《まゆ》を寄せ、「早う便所行かんと、膀胱炎《ぼうこうえん》になってしまうど」と、ぶっきらぼうに言った。

アヤちゃんはこたつに入って座っていた。家具もテレビもないがらんとした部屋で、なにをするでもなく、壁をぼんやりと見つめ、少年が襖《ふすま》を開けたことにも最初は気づかなかった。

顔を上げたアヤちゃんは、「どうしたん?」と笑った。目が赤い。まぶたが腫れぼったい。

「これ……お父ちゃんが」

ミカンをこたつの上に置いたら、アヤちゃんに「おこた、暖かいよ。入っていけば?」と言われた。「ミカンもあげるから、食べちゃってよ」

「……でも、お父ちゃん、アヤちゃんにあげなさい、って」

アヤちゃんは、あ、そう、と小さくうなずくだけで、ミカンには手を伸ばさなかった。

少年はアヤちゃんの向かい側に座った。こたつに脚を入れると、床暖房とは違う、もっとくっきりした温《ぬく》もりに包まれた。

「居間でおこた、使わなくなったんだね」

アヤちゃんは少し寂しそうに言った。「こたつ」を「おこた」と呼ぶのは、母と同じだ。

「お」を付けて丁寧に呼ぶと、ヒーターの熱が届かない背中も、ほんのりと温もってくる気がする。

「アヤちゃんは、おこた、好き？」

「うん。子どもの頃からね、おこたに入ってぼーっとしてるの好きだった」

「ストーブよりも？」

「そうだね、おこたがいいかな、やっぱり」

横向きに寝ころんだアヤちゃんは、座布団と腕を枕にして、「おこたでうたた寝って、最高でしょ」と少年を見て笑った。

「……アヤちゃん」

「うん？」

「おこた、お父ちゃんが納戸から出したんよ。アヤちゃんの部屋に置いてやる、いうて」

アヤちゃんは言葉で応えるかわりに、体の向きを変えて、こたつの中に深くもぐり込んだ。布団がひっぱられて天板がずれ、ミカンが、ころん、と落ちた。

少年はこたつから出てミカンを拾い、アヤちゃんの枕元に置いた。

アヤちゃんは「ありがと」と言って、甲羅の中に隠れる亀のように、顔までこたつにもぐってしまった。

「あとで食べるから、ミカン」

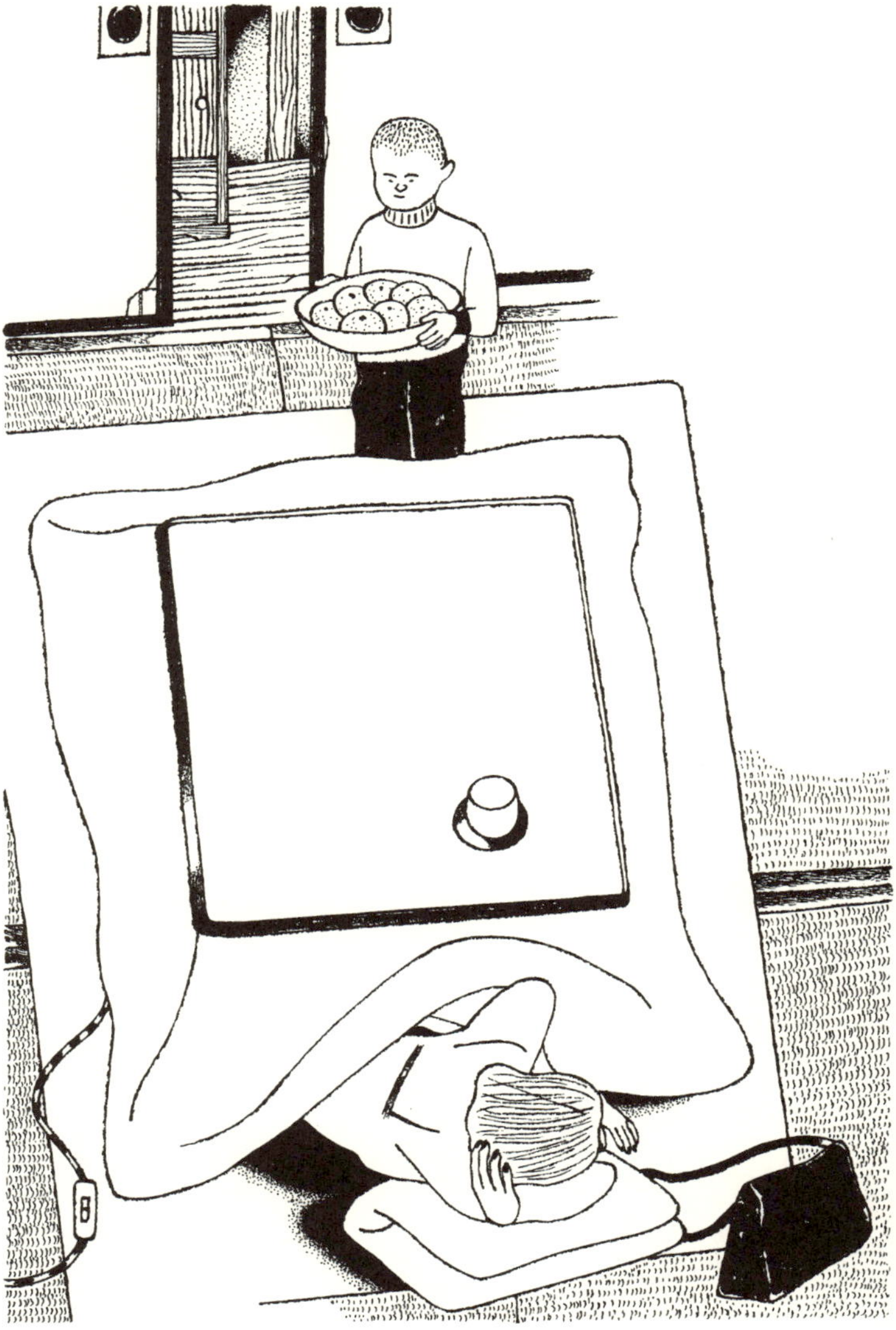

布団の下から、くぐもった声が聞こえた。はなをすする音と、水に濡れたようなため息が、追いかけて聞こえた。

「明日はラーメン食べようね」

アヤちゃんは顔を隠したまま、笑って言った。その笑い声も、濡れていた。

少年は黙って部屋を出た。こたつで温もった足元は、火の気のない渡り廊下を歩いているときも、ずっとぽかぽかしていて、むずがゆい。渡り廊下の窓にうっすらと映り込んだ自分の顔は、怒っているような、笑っているような——泣いているようにも見えたから、

「ううっ、さむっ」とわざと声を出して、大げさに肩をすくめて、それでやっと、少年は笑顔になった。

正

年が明ける前から、緊張していた。なにをしても落ち着かず、息苦しくてしかたなかった。

クラスの友だちに端《はし》から電話をかけて「選挙、誰に入れるの?」と訊《き》いてみたかった。でも、それがみっともないことだというのは、少年にもわかっていた。がっついているんだと勘違《かんちが》いされて、「なんだよ、おまえ当選したいの?」なんて言われたら、恥ずかしくて、悔しくて、もう学校へは行けなくなってしまうかもしれない。

学級委員になりたいわけではない。ほんとうだ。嘘《うそ》なんかついていない。本気の本気で、学級委員なんて面倒なだけだ、と思っている。

「あんなの、ただの雑用係だもんな」

少年は、同じ団地の紺野くんに言った。冬休み最後の日、二人でゲームをしているときに、いきなり。

「あんなのって、なにが?」

「学級委員だよ」

ああアレね、と紺野くんは笑った。その笑い方が気に入らず、少年は「さっき言っただろ、ちゃんと聞いてろよ」と唇をとがらせた。

紺野くんは「そうだっけ」と笑って、「でも、学級委員って、いいじゃん」と軽く言った。

「よくないよ」

「そう?」

「だって、学級会の司会もしなきゃいけないし、児童会にも出なきゃいけないし、あと、昼休みの放送もあるし……」

「カッコいいじゃん」

「よくないって」

少年はコントローラーを操作する手を速めて、紺野くんのカートをヘアピンカーブから谷底に突き落とした。「あっ、あっ、あーっ……」と自分まで一緒に床にひっくり返った紺野くんから顔をそむけ、「俺、絶対になりたくないから」と言った。

紺野くんは床に転がったまま、「どうせならないって」と、また笑った。

「だよなーっ」

調子を合わせて笑い返しながら、少年はあらためてクラスの男子の面々を思い浮かべた。

学級委員は各学期に男女二人ずつ。去年までは男女一人ずつだったが、新しく赴任した校長先生の「一人でも多くの児童にクラスのリーダーの責任感とやりがいを与えたい」という方針で人数が倍に増え、立候補も再選も「なし」になってしまった。

なんだかなあ、といつも思う。中途半端だよそんなの、と文句を言いたい。学級委員をまじめな子に独占させたくないのなら、日直や給食当番みたいに順番でみんなにやらせればいい。それができないのなら、いままでどおり男女一人ずつにしておいてくれたほうがずっと気が楽だ。

クラスの男子は十七人。学級委員は、そのうち六人。三分の一は委員になる計算だ。これ――けっこうキツい。去年までのように年間三人の委員なら、みんなが認めるベストスリーがすんなりと当選する。でも、六人になって、しかも三学期になると、どんぐりの背比べだ。十七人中の五番めと六番めで選ばれたって自慢にはならないし、そのくせ選ばれなかったら、ベストスリーからはずれるよりずっと悔しい。

「あ、でも……」紺野くんは少年を振り向いた。「学級委員、なっちゃうんじゃない？」

「俺？」――声が裏返りそうになった。

「うん、だって、他にもう学級委員やれそうな奴っていないじゃん」

「そんなことないって、なに言ってんだよ、まだたくさんいるよ」

あいつだって、こいつだって、と思いつくまま名前を挙げていった。

でも、少年は知っている。勉強でもスポーツでも遊びでも、自分の位置は、十七人の真ん中よりちょっと上。七番とか、八番とか……九番までは落ちないと思うし、もしかしたら六番とか、意外と五番とか……。

「俺は当選すると思うけどなあ」

うらやましそうに言う紺野くんは、少年のランク付けではクラスの最低。気はいい奴でも、トロくて、勉強もスポーツも全然だめで、顔もよくない。一学期も二学期も、一票も入らなかった。

マジ、俺、当選すると思うぜ、と紺野くんがつづけるのをさえぎって、ゲームをリセットした。「早くやろうぜ早く」とゲームに戻り、あとはもう選挙の話はしなかった。

紺野くんが帰ったあと、急に胸がむしゃくしゃしてきた。自転車で町じゅうを走り回っても、まだおさまらない。

学級委員なんてなりたくないのに、学級委員に選ばれたい。できれば当選したあとで「俺、絶対にヤだから」と断ってみたい。

一学期の選挙では二票しか入らなかった。二学期の選挙では六票に増えた。クラスの「上」の四人が抜けた今度の選挙では……「上」って発想、ヤだな、なんか。

正

人気者になりたい――のとは、違う。勝ち負けというのとも、微妙に、違う。ただ、どきどきする。むしゃくしゃする。胸の奥で小さな泡が湧いて、はじけて、また湧いて、はじけて……。

俺だけなのかなあ、とつぶやいた。

こんなこと考えてるのって、クラスで俺だけ、なんだろうか。みんなはもっと余裕で、全然楽勝で、へっちゃらで、選挙のことなんてなにも気にしていない、のだろうか。

こんなことを考えてる俺って、じつは死ぬほどヤな性格の、ヤな奴、なんだろうか。

四年生の頃には思わなかったことだ。たぶん。三年生の頃だと、選挙の前にこんな気分になってしまうなんて、想像すらできなかった、と思う。二年生や一年生の頃のことは、もう思いだせない。

始業式の前の教室は、ひさしぶりに顔を合わせた友だち同士のおしゃべりでにぎわっていた。誰も選挙の話はしない。忘れている？　どうでもいいから話さない？　それとも、みんなも緊張しているから、わざとその話題に触れないようにしているのだろうか。

少年はお年玉やゲームの話題に付き合っておしゃべりしながら、注意深くみんなの様子をうかがった。特に、五番めと六番めの座を争いそうな梶間くんと榎本くんを。

二人がちょっとでも学級委員をやりたがっていたら、すぐに「カジとエノちゃんが三学期の委員だよ、決まりだよ、なーっ？」とみんなに言うつもりだった。そのときの口調や表情の練習も、頭の中で何度も繰り返していたのに、二人がなにを考えているかは最後までわからずじまいだった。

体育館での始業式が終わり、教室に戻ると、担任の間宮先生が「今日の『終わりの会』は三学期の学級委員の選挙にします」と言った。

どきどきしたままで、むしゃくしゃしたままの胸が、息ができないほど締めつけられた。列ごとに配られた投票用紙を後ろに回すとき、指がかすかに震えた、ような気がした。

投票するのは、男女二人ずつ。

「好き嫌いや人気投票じゃなくて、クラスにとって誰が委員になってくれたら一番いいのか、よーく考えて投票しなきゃだめよ」

ふだんはスウェット姿がほとんどの先生が、今日は始業式だからスカートとジャケット姿――それだけでなにか、いつもは優しい先生が急に厳しくなったように見える。

少年は投票用紙に向かった。女子の委員は最初から遠藤さんと矢口さんに決めていたのに、名前を書くときにシャープペンシルの芯《しん》が折れてしまった。

男子は――最初に梶間くんと榎本くんの名前を並べて書いて、梶間くんを消して、紺野くんの名前に書き換えた。だってあいつ いい奴だもん、トロいけど優しいし、三学期になってもゼロ票ってかわいそうだし。

深呼吸をした。榎本くんの名前も消した。顔を伏せ、両手で壁をつくって、小さく切ったわら半紙の投票用紙を隠した。シャープペンシルを素早く動かして二人めの名前を書き終えたら、すぐに紙を折り畳んだ。

自分の書いた字は見なかった。読まなくてもわかる。いままでに数えきれないほど書いてきて、これからも数えきれないほど書いていくはずの名前だった。

開票が始まった。

三枚めの投票用紙で、初めて少年の名前が告げられた。「正」の字の上の横棒が黒板に記された。「なんでだよお、誰が入れたんだよ、バカ、なに考えてんだよお」とうっとうしそうに声をあげたら、先生に「開票中は静かにしなさい」と注意された。

また少年の名前が出てきた。「一」に縦棒が加わって、ほどなく三票めも入った。

でも、その時点ですでに榎本くんは「正」の字を完成させていたし、もっと速いペースで票を伸ばしていた梶間くんは、二つめの「正」も残り二票でできあがる。

「カジとエノちゃんでいいじゃん、もう決まったようなもんじゃん、コールド勝ちじゃん」

椅子の前脚を浮かせて言うと、先生に「私語をしないの」と名指しで叱られた。

開票は後半に入った。順調に票を伸ばした梶間くんの当選は確実だったが、二人めの委員は榎本くんと少年が抜きつ抜かれつだった。

投票用紙が残りわずかになると、榎本くんもそわそわしはじめ、「俺、やりたくないって言ってんじゃん」「だめだって、俺、学校やめるから」と無駄口が増えてきた。うるさい。耳障りだ。少年は小さく舌打ちした。さっきの俺も、アレと同じだった？　もう一度舌打ちをして、空《から》あくびをして、あと一票で完成する三つめの「正」から目をそらしたとき、紺野くんの名前が読み上げられた。

初めての得票だった。「紺野」の下に、「正」の横棒が一本。教室のどこかから、くすくす笑う声が聞こえた。やだぁ、と女子の誰かの声も。

同じ投票用紙に書かれたもう一人の名前も、読み上げられた。

少年の、三つめの「正」ができあがった。


少年は当選した。十五票。榎本くんとは一票差だった。「ちぇっ、一瞬期待して損したじゃんよお、カッコ悪ーう！」と榎本くんは甲高《かんだか》い声で言って、両手をおどけてひらひらさせた。頬が赤い。教室じゅうを見回しているのに、誰とも目を合わせていない。

少年の頬も赤かった。誰とも目を合わせず、黒板に並ぶ「正」やできかけの「正」をじっと、にらむように見つめていた。

エノちゃんもおんなじだったんだ、と思った。あいつも俺とおんなじで、胸がどきどきして、むしゃくしゃしていたのかもしれない。ほんとうはカジだって、他の奴らだって、おんなじだったのかもしれない。

「じゃあ、委員になったひとは前に出て、一言ずつ挨拶《あいさつ》してください」と先生が言った。

女子の二人と梶間くんに遅れて、少年はのろのろと席を立った。当選して断るなんて、やっぱりできない。そんなの最初からできるわけなかったんだよバーカバーカ、死ねバーカ、と自分をなじった。

うつむいて歩きだしたら、紺野くんの顔がちらりと目に入った。結局一票だけで終わった紺野くんは、こっちを見て、やったね、というふうに笑っていた。三つの「正」の中には、紺野くんが入れてくれた一票も含まれているのだろう、きっと。

少年は梶間くんたちと並んで黒板の前に立ち、みんなと向き合った。榎本くんを見られない。もしかしたら字の書き癖《ぐせ》で……と思うと、怖くて、先生のほうも向けない。選挙が終わった瞬間には荷物を下ろしたように軽くなった気分が、いまはまた重い。さっきよりずっと重くて、苦くて、悔しくて、悲しい。

梶間くんは「三学期は短いけど、一所懸命がんばるから、みんなも協力してください」と胸を張って、大きな声で挨拶をした。

少年は横を向いて、「ぼくも同じです」とだけ言った。

「それだけ？」

一月七日

先生の声に、思わずひるんで振り向いた。先生は窓を背にして立っていた。外の陽射しがまぶしくて顔がよく見えない。

「当選したひとは『正しい』がたくさんあったんだから、挨拶も、きちんと、正しい挨拶にしなさい」

意味のわかった何人かが笑った。少年にもわかったから——逃げるように正面を向いた。

榎本くんはもうふだんの調子に戻って、隣の女子の浅井さんと小声でおしゃべりしていた。紺野くんもいる。挨拶のあとの拍手に備えて、相撲の土俵入りみたいに手を開いて、少年と目が合うと、すげえーっ、カッコいーい、と口だけ動かして、また笑った。

少年は目をそらす。気をつけをして、軽くつま先立って、息を吐きながら踵《かかと》を下ろした。いつか先生に教わった、緊張しないで挨拶をするときのコツだ。

「ぼくも……一所懸命、がんばります」

ちゃんと言えた。

「よろしくお願いします」と頭を下げると、先生が「はい、新しい学級委員に拍手ーっ」と言った。みんなの拍手に包まれると、急に胸が熱くなって、涙が出そうになった。

「じゃあ、みんなはこれで下校でーす、学級委員の初仕事、黒板の字を消してくださーい」

教室は椅子を引く音やランドセルの蓋《ふた》を閉める音やおしゃべりの声で騒がしくなった。

黒板消しを手にした少年は、まっさきに自分の名前と三つの「正」を消した。次に、紺野くんの名前を消し、「一」を消した。

榎本くんの名前の前に立って、あと一本あれば完成していた三つめの「正」の、ほんとうなら最後の横棒が入っていたところをしばらく見つめてから、名前と「正」をまとめてひと拭きで消した。

先生に名前を呼ばれた。軽くてやわらかな、歌うような口調だった。

振り向くと、さっきと同じ場所に立っていた先生は、「学級委員の仕事、しっかりがんばりなさいよ」と笑った。

少年は黙ってうなずいた。笑い返したかったが、頬の力を抜いたら、違う顔になってしまいそうだった。

教卓のそばまで、紺野くんが来た。「終わったら、一緒に帰ろうぜ」と少年に言った。

今度も、なにも応えられなかった。黒板に向き直って、自分の名前があった場所を、また黒板消しで拭いた。何度も何度も拭いた。

書記をつとめた日直の藍原くんがよほど強く書いたのだろう、三つめの「正」は、どんなに拭いても、いつまでもうっすらと跡が残っていた。

どきどき

こんなの初めてだ。

どきどきしていた。

去年まではちっとも気にしていなかったことが、今年は、三学期が始まってからずっと、頭の中から離れない。

どきどきする。

ないないないないない、ありえないって——何度も自分に言い聞かせて、あたりまえじゃん、と納得もしているのに。

どきどきする。

テレビにチョコレートのコマーシャルが流れただけで頬がカッと熱くなるし、妹のクミとお母さんが「パパとお兄ちゃんにチョコ買わないとね」なんて話しているのを聞くと、心臓が止まりそうになってしまう。

どきどきする。

壁のカレンダーについ目が行ってしまう。まなざしはいつも、真ん中あたりの日付に吸い寄せられる。二月になったばかりの頃は「1」から「28」まで並んだ数字の中から、えーと……と探していたが、いまはもう迷うことはない。カレンダーを振り向くと、すぐに「14」の数字が目に飛び込んでくる。

どきどきする。

バレンタインデーのチョコは、お母さんとクミ以外からはもらったことがない。それでかまわない。あんなもの関係ない。好きな女子がいるとか、オンナと付き合うとか、恋人になるとか、デートするとか、バカじゃないの、そんなの、と思っていた。オンナはすぐに泣くし、すぐに先生に言いつけるし、すぐにみんなで集まって誰かの悪口を言うし、面倒でしかたない。

なのに――どきどきする。

五年生になって、クラスの女子はみんな、急に背が高くなった。休み時間に廊下を走る子が減った。いつも女子だけで集まって、マンガではない雑誌を回し読みしている。ああいう雑誌は、最初のほうのグラビアページはファッションや小物のことばかりでも、中のほうのページにはエッチな話がたくさん出ているんだと、一つ上のお姉ちゃんがいるヨシノリが教えてくれた。

そんなことを思うと、もっと——どきどきする。

二月に入ると、女子のおしゃべりの声に「バレンタイン」や「チョコレート」という言葉が交じるようになった。盗み聞きしたわけではなくても、聞こえてしまう。そういう言葉を自然と聞き分けてしまうのは、なんだかすごく恥ずかしいことのようにも、思う。

どきどきする。

ほんとうに、もう、困ってしまうぐらい胸がどきどきする。みんなはどうなのだろう。いちばん仲良しのコウジは、このまえ遊んでいるとき「バレンタインデーってなんなの？　オレ、聞いたことない。なんなんだよ、それ、ワケわかんねーっ」と言っていた。嘘《うそ》つきだ、あいつ。

どきどきする。

チョコなんて欲しくない。ほんとうだ。コウジみたいな嘘はつかない。だから、「期待」なんか、どこにもない。あたりまえだ。二月十四日は、ふつうの一日。十三日と十五日の間の、火曜日。一時間目に算数があって、二時間目に国語があって、三時間目と四時間目はつづけて図工で、給食のおかずはチキンの照り焼きと温野菜のサラダと中華スープにヨーグルトで、五時間目は体育、六時間目が社会。それだけだ。誕生日ならみんなに「おめでとう」と言ってもらえるかどうか気になるが、二月十四日と自分はなんの関係もない。

でも、やっぱり——どきどきする。

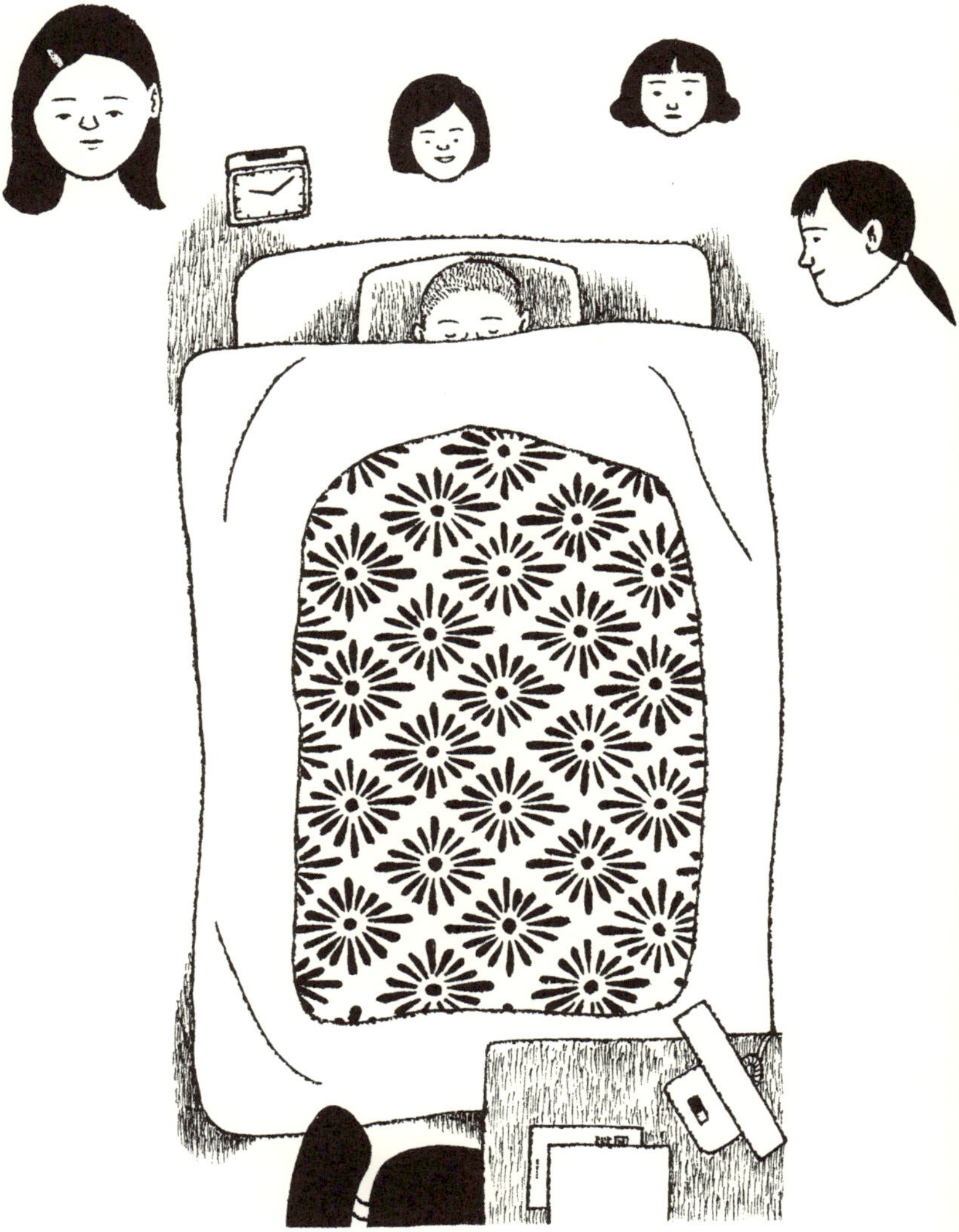

「期待」はしていなくても、「可能性」はある。そんなのもらっても大迷惑、と思う。でも、大迷惑だろうがなんだろうが、とにかく「可能性」はゼロではない。

二月十三日の夜、少年はどきどきしたまま布団にもぐりこんだ。部屋の明かりを消し、掛け布団を頭からすっぽりかぶって、背中を丸めた。

目をつぶる。女の子の顔が浮かぶ。「可能性」はゼロではないのだ、ほんとうに――。


お正月に届いた年賀状は二十五通。初めて二十の大台を超えた。こっちから出したのは二十二通だったので、三通の勝ち越し――コウジは六通の負け越しだったとぼやいていた。こっちから出さなかったのに来た年賀状は、塾からのと、四年生まで一緒のクラスだったホシノくんからのと、それから……。

「あらっ？　女子からじゃない、これ」

元旦、年賀状の仕分けをしていたお母さんに言われた。

コタツに寝ころんでテレビを観ていた少年は、最初なんのことだかわからず、ふうん、と軽くうなずいた。

「川本さんだって。川本淳子さん。同級生？　塾の子？」

思いがけない名前に、胸がどきっとした。

「女子から？　俺にも見せてくれよ」

お屠蘇《とそ》でほろ酔いになったお父さんが、いいからいいから、ちょっとだけ、とお母さんからハガキを受け取って、「おおーっ、きれいな字だなあ」と大げさに声をあげた。

耳たぶが急に熱くなったのがわかった。赤くなった、かもしれない。

「おい、川本さんって子から来てるぞ。『今年もよろしく』だってさ、ほら、見てみろ」

勝手に中身読まないでよ、だから酔っぱらったときのパパは嫌なんだってば……と言いたかったが、振り向いて目を合わせたくなかったので、ふうん、とだけ返した。

「女子の年賀状、初めてじゃない？」とお母さんが言う。

「ハガキもったいないから女子に出してないもん」

「じゃあ、川本さんに返事出さなきゃ」

「……めんどくさい」

川本さんの年賀状は、チワワの画像を版画っぽく印刷していた。手書きのメッセージは一言だけ。お父さんが言っていたとおり「今年もよろしく」だった。

「どうする？　返事書くんだったら、ハガキあげるわよ」

「……出さないって」

自分の部屋に入った。もう一度、川本さんの年賀状を見た。ふーん、ふーん、まあいいけど、と首をカクカク曲げながら、ハガキを表にしたり裏返したりして、「あ、そーですかあ、そーですかあ」と声に出して、ハガキの束の真ん中あたりに入れた。

返事は、一月三日に書いた。余っていた家族連名のハガキをそのまま使った。自分の名前を○で囲んで、手書きのメッセージは「年賀状ありがとうございました」――返事なんだから、ていねい語をつかってるんだから、やっぱり礼儀だし、と自分で自分に言い訳した。「今年もヨロシク」――カタカナをつかったから、本気の「よろしく」じゃないんだから。

ポストに投函するときまでは、平気だった。

でも、ポストの前からそそくさと離れ、家に向かって自転車を漕《こ》いでいたら、急に胸がどきどきしはじめた。

それがいまもつづいている――というわけだ。

二月十四日の朝は、早起きをした。ふだんより一時間も早く、六時半に目が覚めてしまった。

川本さんのことはなんとも思っていない。これはもう、絶対に、神に誓って、ほんとう。二学期は同じ班だったが、二人きりで話したことは一度もなかった。

だから、もういい、関係ない。今日はふつうの火曜日で、体育はサイテーの持久走なので、給食のおかわりはしないほうがよさそうだ。塾はない。夕方は、お年玉で買ったゲームをまだクリアしていないので、それをやる。そういう火曜日。ふつー、ふつー、ふつー……と思っていたのに、朝ごはんのときにお母さんが「チョコは夕方でいいよね」と言うものだから、また胸がどきどきしはじめた。

　登校してからも、女子のおしゃべりの声がいつもより大きく聞こえる。見るつもりはないのに、教室のあちこちに集まっている女子のグループがすぐに目に入って、その一つ——おとなしい子が四、五人集まったグループの中に、川本さんもいる。誰かの話に笑っている。笑うときに口元に手をあてるのが、川本さんの癖《くせ》だ。

「可能性」は、ある。富士山が今日噴火する「可能性」がゼロではないように、とにかく、〇・〇〇〇〇〇一パーセントでも、あることは、ある。

　仲良しの男子の中に、川本さんから年賀状をもらったヤツはいなかった。コウジやヨシノリの家に遊びに行って、さりげなく「ちょっと今年の年賀状見せてよ」と確かめたので、間違いない。逆にコウジたちに「年賀状見せて」と言われたときは、川本さんのハガキを机の引き出しに残したまま、二十四枚のハガキを渡した。だから、わからない。コウジたちだって同じように嘘をついているのかもしれない。川本さんが男子全員に年賀状を出していたら、気が楽になる。でも、それはそれで、ちょっとなあ、なんだかなあ、という気もしないではない。

　始業前には、なにも動きはなかった。午前中の授業の合間、十分ずつの休み時間のときにも、なにもなし。

三時間目と四時間目の間の休憩時間に、女子のおとなっぽいグループが図工室で大騒ぎしていた。クラスでいちばん早く――五年生になってすぐに初潮を迎えたというウワサの中野樹里が、六年生の教室に行って児童会長の染谷くんにチョコを渡してきたらしい。

胸がどきどきする。一日の残り時間が減るにつれて、かえって「可能性」の数字が増えていく。

三時間目に下描きをした絵に、四時間目に色をつけた。『五年生の思い出』という題を与えられて、少年は臨海学校の絵を描いた。海を青く塗る前に、水だけつけた絵筆で画用紙に「今年もよろしく」と書いて、うわっ、ダメ、バカ、死ね、とあわてて群青《ぐんじよう》色で塗りつぶした。

給食の時間、女子の中でもいちばんおしゃべりなグループが三人そろって担任の石原先生の席に行って、チョコを渡した。オジサンの石原先生は「学校にこんなもの持って来ちゃダメなんだぞ」と言いながら、怒ったような照れたような顔になって、みんなに冷やかされていた。「浮気ーっ、不倫ーっ」と、コウジはうれしそうに声を張り上げていた。いいな、こいつ、ガキだから、バレンタインなんて自分とはカンペキに無関係なんだもんな……。少年はなにも言えない。先生よりもこっちのほうが照れくさくなって、恥ずかしくて、胸はさらにどきどきしてくる。

昼休み。あるとしたら、ここだな、と思っていた。あっても困るけど。でも、「可能性」

だし。

校庭でサッカーをしながら、ちらちらと校舎の二階——五年二組の窓を見上げた。男子がみんないるところに持ってくるわけがない。昼休みの間に机の中に、下駄箱に、ロッカーに……「可能性」だから。

予鈴が鳴って教室に戻ると、女子はもうみんな更衣室に出かけていた。川本さんもいない。ランドセルの中にチョコが入っているのだろうか。机の中だろうか。少年の机の中には、なかった。体操着を入れてあるロッカーにも、なかった。校庭から戻ったときに確かめたが、下駄箱にも入っていなかった。

かわりに——コウジが、見つけた。自分の机の中に、リボンのついた小さな箱を。自分からは言わない。たまたま少年は見てしまったのだ。コウジは「あれ?」という様子で机の中を覗《のぞ》き込み、箱をそっと取り出して、一瞬困った顔をして、それをパッとランドセルにしまったのだ。

コウジはなにごともなかったかのように服を着替え、「持久走、かったりーい」と笑いながら、少年と一緒に校庭へ向かう。平気な顔をしていても、頬はビミョーに赤い。

さっき見ちゃったぜ、誰からだよ、箱を開けてみろよ、モテモテじゃーん……からかってやるつもりだったのに、少年はなにも言えず、コウジのおしゃべりにも相槌《あいづち》しか打てなかった。

ふくらむ一方だった「可能性」が、初めてしぼんだ。いったんしぼみだすと、それはどんどん小さくなってしまい、入れ替わりに不安が胸を襲った。

もらえないかも、しれない。

もう時間がない。あとは放課後しかない。無理かもしれない。欲しくないのに。川本さんのことなんか、なんとも思ってないのに。チョコをもらっても大迷惑なのに。でも、もらえないかもしれないと思うと、さっきまでとは裏返しのリズムで胸がどきどきしはじめた。

学校が終わった。

もらえなかった。

ゲームのインジケーターみたいに、「可能性」がゼロの目盛りに向かって、すうっと減っていく。

『終わりの会』のあともすぐには家に帰らず、べつに仲良しというわけではない男子を見つけては、どうでもいいおしゃべりをして、しばらく教室に居残った。

でも、ふと気づくと、川本さんはもう帰っていた。

最後のチャンス。下駄箱。入っていない。

最後の最後のチャンス。校門。川本さんの姿はない。

最後の最後の最後のチャンス。帰り道。何度振り向いても川本さんはいないし、待ち伏せもされなかった。

最後の最後の最後の最後のチャンス。家に帰っても、宅配便は届いていなかった。かわりにお母さんとクミからチョコを一つずつもらった。

最後の最後の最後の最後の最後のチャンス。「ほら、なにやってんの、もう十時よ。寝ちゃいなさい」とお母さんに言われるまで、誰も玄関のチャイムを鳴らさなかったし、誰も電話をかけてこなかった。

最後の最後の最後の最後の最後の最後……部屋に入ってランドセルを隅から隅まで確かめた。ポケットのファスナーを全部開けた空っぽのランドセルを覗き込んでいると、なんだか泣きたくなるぐらい悲しくなってしまった。


十二時にセットした目覚まし時計がアラームを鳴らした。眠い目をこすりながら夜更かししていた少年は、アラームを止め、長針と短針が重なった時計の文字盤をぼんやり見つめて、二月十四日が終わったことを嚙みしめた。

「……はい、おーしまい。ブス、バイバーイ」

アラームをあらためて七時半にセットして、部屋の明かりを消し、掛け布団を頭からかぶった。

コウジは誰かからチョコをもらったのに、自分は誰からももらえなかった。悔しさを通り越して、悲しさも吹き飛ばして、むしょうに寂しくなって、不安になった。

チョコ、一生誰からももらえないかもしれない。世界中のオンナの中で、自分を好きになってくれる子は誰もいないのかもしれない。いくつになっても結婚できないかもしれない。恋人のいない人生かもしれない。みんなから嫌われっぱなしの人生なんて……。だいじょうぶ、そんなことない、オトナになればちゃんと恋人もできるし、結婚もできる。自分に言い聞かせても、寂しさや不安は消えない。そして、オンナのことで頭がいっぱいのいまの自分が、すごくヘンなんじゃないか、変態なんじゃないか、という気にもなった。

泣きたい。サイテー。ほんとうに、涙がにじんできた。


その夜は明け方になって、うんと冷え込んだ。

七時半のアラームで起きられなかった少年は、三十五分にお母さんに掛け布団をはがされた。

眠い。寒い。そして、学校に行きたくないな……と、入学以来初めて思った。

でも、お母さんに「外に出てごらん、霜で真っ白になって、すごくきれいだよ」と言われると、「うそ、マジ?」と跳ね起きた。

ほんとうだ。霜で凍った白い街はオレンジ色の朝陽を浴びて、きらきら輝いていた。

お母さんにせかされながら朝ごはんを食べて、大急ぎで服を着替えて、「行ってきまーす！」とダッシュ――。

まだ遅刻ぎりぎりという時間ではなかったが、家を出てからも走りつづけた。

途中の角で、コウジと行き会った。「うーっす」「さむーっ」と声をかけ合って、二人でさらにスピードをあげて走る。使い古してマグネットの弱くなったランドセルの蓋《ふた》は、バタバタと音をたててくっついたり離れたりする。飛行機の真似をして両手を広げ、「キーン！　バヒューン！」と声を出して走るコウジを「ガキーッ」と笑って、少年は一気にスピードをあげて追い越していった。

タオル

午後になって少年の家を訪ねて来た客は、初めて見る顔だった。背広に黒いネクタイを締めているのは、朝から入れ替わり立ち替わりやって来る他の客と同じだったが、家の外にいた親戚に挨拶《あいさつ》するときの言葉づかいが違った。「このたびは、どうも御愁傷《ごしゅうしょう》さまです」――テレビでしか聞いたことのない東京の言葉だった。

祭壇のすぐ前に座っていた父は、そのひとが来たのを知ると、玄関まで迎えに出た。

「よう来てくれました、ほんまに、お忙しいのに……」

父はうれしそうで、懐かしそうだった。ひさしぶりにお兄さんに会った弟のように、自分より少し年上の客を、まぶしそうに見つめていた。

「十二年ぶりになるのかな」

「もう、そげんなりますか……」

父はそばにいた少年の肩を抱いて、「ほな、コレが生まれる前いうことですか」と言った。

「息子さん？」

父は少年の名前を客に告げ、小学五年生なんだとも伝えて、「ほれ、挨拶せんか」と少年の背中を軽く押した。

少年が細い声で「こんにちは」と言うと、客は体をかがめ、少年と目の高さを合わせて、「お父さんによく似てるね」と笑った。

父は照れくさそうに「似とるんは勉強のできんところだけですわ」と言って、客を座敷に招き入れた。

少年も客の後ろについて座敷に入る。

今朝からずっと——ほんとうのことを言えば、二日前に祖父が亡くなってからずっと、家のどこにいればいいのかわからずにいた。

二階の自分の部屋は、親戚の着替えのための部屋になった。一階の部屋の襖《ふすま》はあらかたはずされ、玄関の引き戸もさっきはずされた。通りに面した窓は白と黒の幕で覆《おお》われ、幕の前には花環《はなわ》がたくさん並べられた。台所には町内会のおばさんたちが出たり入ったりして、母の姿を探すだけでも大変だった。

「邪魔になるけん、外で遊んどりんさい」と母に言われ、家の前でサッカーボールを蹴っていたら、目を真っ赤に泣き腫《は》らした叔母に「こげな日にふらふら遊んどったらバチが当たるよ」と叱られた。しかたなく家に入ってテレビを点《つ》けると別の叔母に「音を出したらいけんよ」と言われ、マンガを読んでいたら漁協の組合長が「おじいちゃんのそばにおってあげんさい」と酒に酔った声で言って、そのくせ祭壇の設《もう》けられた広間に行ってみると、おとなたちが集まっていて、座る場所などどこにもなかった。

おじいちゃんが死んだ。

それは、わかる。

ずっと一緒に暮らしていた祖父だ。かわいがってもらっていた。「中学生になったら、おじいちゃんの船で漁に連れて行ってやるけん」と口癖のように言っていた祖父が、脳溢《のういっ》血《けつ》で、お別れの言葉を交わす間《ま》もなく死んでしまった。

おじいちゃんが死んだのは悲しいことだ。

それも、わかる。

悲しいときには、泣いてしまう。

それだって、ちゃんとわかっている。

なのに、涙が出てこない。悲しいかどうかもはっきりしない。自分の居場所を見つけられないと、ゆっくり悲しむこともできないのかもしれない。

父に案内されて祭壇の前に座った客は、ていねいなしぐさで合掌と焼香をした。父以外の誰とも知り合いではないのか、広間にいるひとたちは皆、けげんそうな顔で客の背中をちらちら見ていた。客のほうも、焼香を終えたあとは広間にいる理由をなくしてしまったように、どこか居心地悪そうだった。

客は、今夜の泊まり先に、町内の民宿を予約していた。父は「ウチに泊まってもろうてもよかったのに」と少し残念そうに言って、戸口の脇に立ったままだった少年を呼んだ。

「おじちゃんを『みちしお荘』まで案内しちゃってくれや」

「……うん」

「ほいで、どうせおまえはここにおっても邪魔になるだけじゃけえ、お通夜が始まるまでおじちゃんのお世話して、町の案内でもさせてもらえや」

母につづいて父にも「邪魔」だと言われたのは悲しかったが、とりあえず道案内と客のお世話という仕事が与えられてほっとした。

客が玄関で靴を履《は》いているとき、父は初めて「ほな、シライさん、またあとで」と客を名前で呼んだ。客も「ハジメさんも、あまり無理して疲れを出さないようにしてください」と応《こた》えた。ハジメというのが父の名前だ。漢字で「一」と書く。

「お待たせ」

シライさんは玄関の外で待っていた少年に声をかけ、大きなバッグを肩に提《さ》げて歩きだした。礼服姿にはあまり似合わない、リュックサックのようなバッグだった。

少年の家から『みちしお荘』までは、海に沿った一本道だった。夕方の凪《なぎ》の時間にさしかかって、風が止まり、よどんだ潮のにおいが濃くなっている。

「二人まとめて厄介払いされちゃったな」

シライさんはそう言って笑った。ヤッカイバライの意味はよくわからなかったが、なんとなくシライさんが「俺たちは同じだな」と言ってるんじゃないかと感じて、それがちょっとうれしくて、少年は自分から話しかけてみることにした。

「お父ちゃんと知り合いですか？」

「ああ。お父さんとも、亡くなったおじいさんとも知り合いだったんだ」

「漁に出てたんですか？」

「いや、そうじゃなくて……」

シライさんは歩きながらバッグの腹を軽く叩《たた》いた。「取材をしたんだ、おじいさんの」

——シライさんは旅行雑誌の記者で、十二年前に祖父をグラビアページで紹介したのだという。

「見たこと、あります、それ」

「そうか。おじいさん、カッコよかっただろ」

少年は、こくん、とうなずいた。祖父をほめられてうれしかったのが半分、残り半分は、シライさんの話にうまくついていけたことで、うれしいというより、ほっとした。

祖父は地元で一番の腕を持つ一本釣りの漁師だった。いまの、この季節——春先には鯛《たい》

民宿

を狙う。夜明け前に港を出て、まだ陽《ひ》の高いうちに一日の仕事は終わる。

「その頃はまだ、お父さんは見習いみたいなもので、おじいさんの船に乗って、しょっちゅう叱られてたんだ。髪もいまみたいな角刈りじゃなくて、リーゼントで……リーゼントって、わかるかな?」

ほんとうはよくわからない。わからなくてもいいや、と思った。自分が生まれる前の父の姿はアルバムの古い写真で何度か見たことはあっても、こんなふうに誰かから話を聞くのは初めてだった。

シライさんは「あとで写真見せてやるよ」と笑った。「たくさん持ってきてるんだ」

少年は少し足を速めた。お父さんの知らないところで、お父さんの昔の写真を見て、お父さんの昔の話を聞く――というのが、いい。買ってきたばかりのマンガを開くときのように、胸がどきどきして、わくわくする。

『みちしお荘』は、船だまりのすぐ前にあった。古びた漁船が二十隻《せき》近く並んだなかに祖父の船もある。ひときわ古い。少年が中学校に上がったら船を新調しようかと話していて、それっきりになってしまった。

シライさんは宿帳に名前を書いたあと、部屋には入らずに、一階の食堂に少年を誘った。

「ジュース飲むか?」

「……はい」

「じゃあ、ジュースと、ビール」

注文を取った『みちしお荘』のおかみさんは、少年を見て「おじいちゃんも急なことじゃったなあ」と寂しそうな顔になり、頭を撫《な》でてくれた。

ビールとジュース、それに「サービスです」と茹《ゆ》でたイカの小鉢がテーブルに並んだ。この地方でベイカと呼ぶ、春が旬《しゅん》の小さなイカだ。酢味噌で食べると、酸っぱさの奥でじんわりと甘みがにじむ。

「ひとが亡くなったときには乾杯っていわないんだ。献杯っていうんだ」

ケンパイ。また知らない言葉が出てきた。ふだんなら、家に帰って母に訊《き》けば、すぐに漢字を教えてくれる。でも、今夜はたぶんそんなことを話しかける余裕はないだろう。

ビールとジュースのコップを軽くぶつけてケンパイすると、シライさんはビールを一口飲んで、ふーう、と声に出して息をついた。

「写真、見せてやるよ」

床に置いたバッグのファスナーを開け、中から分厚くふくらんだ封筒を取り出した。

「これ、ぜんぶ写真なんですか？」

「ああ。ぜんぶ、おじいさんとお父さんの写真だよ」

ほら、これ、とシライさんは封筒から出した写真を何枚かまとめて少年に渡した。

祖父と父がいた。船に乗っていた。二人ともいまよりずっと若い。父はまだ二十歳《はたち》そこそこで、祖父も還暦前だった。

はげていない頃の写真を見せたらおじいちゃんは恥ずかしがるだろうか、とクスッと笑いかけて、ああそうか、と頬をすぼめた。もうおじいちゃんと話すことはできないんだな。おとといから何度も思ってきたことなのに、いま初めて、それが悲しさと結びついた。

漁をしているときの祖父の写真は、どれもタオルを頭に巻いていた。いつもだ。昔から変わらない。最後の漁に出たおとといもそうだった。出かける前に庭のほうに回る。漁の道具をしまった納屋の脇に、針金を渡した物干し台がある。昨日のうちに干しておいたタオルをそこから取って、キュッと頭に巻きつけて、「ほな行ってくるけん」と港へ向かう。漁を終え、魚市場に魚を卸《おろ》し、仲間と軽く一杯やってから家に帰ってくると、頭からはずしたタオルを水洗いして、物干し台の針金に掛ける。ずっとそうだった。毎日毎日、それを繰り返していた。

「ほら、この頃はまだお父さんの雰囲気、あんまり漁師らしくないだろ」

「……はい」

「漁師を継ぐのは嫌だ嫌だって、俺と酒を飲むと文句ばっかり言ってたんだ」

「そうなんですか？」

「いまは、生まれついての漁師です、って顔してるけどな」

シライさんはおかしそうに笑った。

グラビアの撮影の仕事は一週間ほどだったが、家に泊まり込んでの取材をつづけたおかげで、祖父や父とすっかり仲良くなった。

「仲良くなったっていっても、俺は東京だから、年賀状のやり取りぐらいしかできなくて、おじいさんが生きてるうちにもう一度会って写真を撮りたかったんだけど……でも、昨日ハジメさんから連絡もらってうれしかったし、けっこうスケジュールはキツかったんだけど、ボクに会えたから、やっぱり来てよかったなあ、って」

シライさんはバッグから別の封筒を取り出して、中に入っていた葉書を「特別に見せてやるよ」と少年の前に置いた。

年賀状だった。差出人は祖父。印刷された文面の横に、手書きの一文が添えられていた。

〈愚息もようやく一丁前になり、孫もこの四月で六年生です。三代で船に乗れたら嬉しいことです〉

祖父の字だ。間違いない、これはおじいちゃんの字だった。

「ボクは大きくなったら、なにになりたいんだ？」

照れくさかったが、正直に「Jリーガー」と答えた。シライさんは「そうか、じゃあもっとたくさん食べて、もっと大きくならないとな」と笑ってくれた。

陽が落ちてから、少年はシライさんと二人で家に戻った。

シライさんはお通夜の焼香を終えると、広間で親戚や町のひとたちと酒を飲みはじめた。シライさんの持ってきた祖父や父の若い頃の写真は、みんなの思い出話の肴《さかな》になっているようだった。

少年は、また居場所をなくしてしまい、外に出てそっとサッカーボールを蹴ったり、台所を覗《のぞ》いたり、階段の踊り場に座ってマンガを読んだりして暇をつぶした。『みちしお荘』にいた頃はあんなに仲良しだったシライさんが、家に着くとあっさりとおとなの仲間に入ってしまったのが、ちょっと悔しかった。

台所の前を通りかかったとき、叔母さんたちの話し声が聞こえた。祖父のなきがらを清めているときの話だった。首筋の皺《しわ》をタオルで拭いていたら、潮と、魚と、それから錆《さび》のにおいがたちのぼってきたのだという。「何十年も船に乗ってきたんじゃけん、体に染みついとるんじゃろうねえ」と叔母さんが言うと、母が「お義父《とう》さんは風呂が嫌いじゃったけんねえ」と返し、みんなで懐かしそうに笑っていた。

おとといまではこの家にいたひとのことを、もうみんなは思い出話にしてしゃべっている。

急に寂しくなった。涙は出なくても、だんだん悲しくなってきた。
玄関からまた外に出て、庭のほうに回った。
納屋の脇に、ほの白いものが見えた。
祖父のタオルだった。
手を伸ばしかけたが、触るのがなんとなく怖くて、中途半端な位置に手を持ち上げたま
ま、しばらくタオルを見つめた。
「おう、ここにおったんか」
背中に声をかけられ、振り向くと、父とシライさんがいた。
「おじいちゃんの写真、シライさんに見せてもろうとったら、面白かったんじゃ。おじい
ちゃんは漁に出るときはいつもタオルを巻いとったろう。じゃけん、家におるときの写真
を見たら、おまえ、みーんなデコのところが白うなっとるんよ。そこだけ陽に灼《や》けとらん
けん……」
父はかなり酔っているのか、呂律《ろれつ》の怪しい声で言って、体を揺すって笑った。
「ほいで、いまもそうなんじゃろうか思うて棺桶《かんおけ》を覗いてみたら、やっぱりデコが白いん
よ。じゃけん、のう、シライさん、じいさんをええ男にして冥土《めいど》に送ってやらんといけん
もんのう……」
涙声になってきた父の言葉を引き取って、シライさんが「タオルを取りに来たんだ」と

言った。「やっぱり、タオルがないとおじいちゃんじゃないから」

父は涙ぐみながら針金からタオルをはずし、少年に「せっかくじゃけん、おまえも頭に巻いてみいや」と言った。

シライさんも「そうだな、写真撮ってやるよ」とカメラをかまえた。

少年はタオルをねじって細くした――いつも祖父がそうしていたように。

額にきつく巻き付けた。

水道の水で濯《すす》ぎきれなかった潮のにおいが鼻をくすぐった。おじいちゃんのにおいだ、と思った。

「おう、よう似合《にお》うとるど」

父は拍手をして、そのままうつむき、太い腕で目元をこすった。

シライさんがカメラのフラッシュを焚《た》いた。まぶしさに目を細め、またたくと、熱いものがまぶたからあふれ出た。かすかな潮のにおいは、そこにもあった。

初出　オール讀物

「葉桜」二〇〇六年六月号
「おとうと」二〇〇六年六月号
「友だちの友だち」（「こいのぼり」改題）二〇〇五年五月号
「カンダさん」二〇〇五年五月号
「雨やどり」二〇〇六年八月号
「もこちん」二〇〇六年九月号
「南小、フォーエバー」（「再会」改題）二〇〇五年八月号
「プラネタリウム」二〇〇五年八月号
「ケンタのたそがれ」二〇〇六年八月号
「バスに乗って」二〇〇五年一一月号
「ライギョ」二〇〇五年一一月号
「すねぼんさん」二〇〇四年一〇月号
「川湯にて」二〇〇六年二月号
「おこた」二〇〇五年二月号
「正」二〇〇五年二月号
「どきどき」二〇〇六年二月号
「タオル」二〇〇四年一〇月号

小《しょう》学《がく》五《ご》年《ねん》生《せい》

二〇〇七年三月一五日　第一刷発行
二〇二三年八月三〇日　第一七刷発行

著者　重松《しげまつ》　清《きよし》
発行者　花田朋子
発行所　株式会社　文藝春秋
〒一〇二—八〇〇八東京都千代田区紀尾井町三—二三
電話〇三—三二六五—一二一一
印刷所　凸版印刷
製本所　加藤製本

ISBN978-4-16-325770-9　

重松　清の本　文藝春秋刊

送り火

「昔の親は、家族の幸せを思うとき、何故か自分自身は勘定に入ってなかったんだよねえ……」

女手ひとつで娘を育てた母は言う。

大切なひとを思い、懸命に生きる人びとのありふれた光景。

「親子」「夫婦」のせつない日常を描いた九つの物語。

＊文庫版あり

文藝春秋刊　重松　清の本

いとしのヒナゴン

三十年ぶりに現れた謎の類人猿、ヒナゴン。
その存在を信じる、元ヤン町長・イッちゃんが燃えた！
イッちゃんの〝思いつき〟で設けられた役場の類人猿課に
配属された信子は、市町村合併問題、
町長選をめぐってヒナゴン騒動に巻き込まれていく。